JN200520

My Twenty-Five Years in Provence

Reflections on Then and Now

南仏プロヴァンスの25年

あのころと今

ピーター・メイル

池 央耿訳

河出書房新社

南仏プロヴァンスの25年

あのころと今

目次

1 思い起こせば

ふとした風の吹き回しで、家内のジェニーと私は酷暑のイギリスを逃れ、コートダジュールで二週間、のんびり過ごす幸運に恵まれた。聞くところ、年間三百日は麗らかに晴れて、陽の光がのどやかに降りそそぐ楽天地だった。だが、この年はそうでもなくて、よく降った。雨が叩きつけるほどの日もあった。ビーチ・パラソルは濡れそぼって項垂《うなた》れるように立ち並び、浜を闊歩する赤銅色に日焼けした若者、プラージストたちはじくじくと湿った半ズボンのまま海の家に立て籠もった。プロムナード・デザングレ沿いのカフェはどこも手持ち無沙汰の二親と、一日中、砂浜で波と戯れるはずだった不機嫌な子供たちでいっぱいだった。〈インターナショナル・ヘラルド・トリビューン〉は熱波がイギリスを襲うと報じていた。帰国するまで天気が保《も》つことを願って、私たちはニースを後にした。

こうなると、何か慰めがほしい。イタリア国境を跨《また》いでコルシカ行きのフェリーに飛び乗るか、夕食を考えながら時計と睨めっこで延々とバルセロナまで走るか、いろいろ話し合った末、フランス見物ということに落ち着いた。幹線道路は避けて、幅員の狭い二級国道を行く考えだった。雨が降っていようとも、その方がよさそうだし、北へ向かうトラックや大型運搬車で混み合う中へ割り込むのは気が進まない。それに、私たちのフランス体験はパリと南海岸に限られている。行く手は処女地ではないか。

まだGPS、全地球測位システムのない遠い昔のことで、地図が頼りだった。まんざら聞き覚えがなくもない地名の一つ、エクサンプロヴァンスが目についた。エクスにはレストランが無数にあるという。雲間に青空が覗いているかもしれない。よし、行こう。

国道七号線「RN7」は、ロサンゼルスとシカゴを結んで、鮮烈な刺激を求めるならことポピュラーソングに歌われた横断道路「ルート66」のフランス版と思っておけばいい。以前はパリ市民が大挙して南へ向かう七月から八月に、この道路は混雑の最盛期を迎える習いだった。七号線にもシャルル・トレネの歌で流行《はや》った曲があって、太陽、青空、バカンスと、素晴らしい時間を約束する歌詞がきらびやかに花を添えている。

現実は期待を満たしてはくれなかった。七号線はいつも混雑が激しいが、とりわけその日はフランス中を縦横に行き来する夥《おびただ》しいトラックが長蛇の列を作っていた。トラックの運転手はたいていが雲を衝《つ》くばかりの大男で、周囲の車に対しては喧嘩腰だ。追い越せるものなら追い越してみろと顔に書いてある。命が惜しければ、不用意に車線変更してはいけない。

雨脚が次第に収まって、エクスに着く頃には灰色の雲の切れ間にうっすらと空の青が揺蕩《たゆた》うようになった。これを祝って、街で一番古いレストラン〈レ・ドゥ・ギャルソン〉で食事をすることにした。一七九二年の創業で、今やただの安食堂ではなく、史跡と呼ぶに相応《ふさわ》しい。かつてはセザンヌ、ゾラ、ピカソ、パニョル、エディット・ピアフ、アルベール・カミュといったところが常連だった店で、テラスからエクスでどこよりも洗練された市街路〈クール・ミラボー〉が見おろせる。プラタナスの並木に縁取られて点々と噴水があるこの通りは、都会の群衆を観察するのに持ってこいだ。公衆トイレで銃声がして気楽な界隈に震撼が走ったが、犯人は給仕で、チップを巻き上げられて気が立っているという物騒な噂がデマとわかって街に平穏が蘇った。

ロゼを傾けながら、あらためて地図を広げた。リュベロン山の北斜面に連なる村々は手招きをするかのようだった。どのみち、イギリスへ帰る通り道だ。昼の食事はカラシの効いたウサギの肉に特上のリンゴ・タルトと本場のプロヴァンス料理で、給仕は映画の端役手配会社から送り込まれたかと思うような偉丈夫だった。でっぷりと膨れた腹に真っ白なエプロンで、黒々と蓄えた髭は一度見たら忘れられない。私たちはすっかり満足して、この先、何があっても乗り切れる気になった。

　エクスを過ぎて行くほどに、雲を押しのけて青空が広がった。太陽はまだ照りつけてはいないものの、午後は晴れ渡るに違いなく、エクスが背後に遠ざかるにつれて田園風景の変化は感興をそそった。広々とした景色が心地よく、人を見かけることはめったにない。ブドウ畑とヒマワリ畑の数が優に人家を上回っている。その建物がまた、見る目を楽しませてくれる。たいていは樹齢を経たプラタナスや糸杉の下陰にあって、陽に晒されて色褪せた石壁とくすんだ瓦屋根が鄙びた印象を醸す。後に知ることになったが、これが典型的なプロヴァンスの田園風景で、まだ日の浅い私たちは虜になった。その気持は今も変わらない。

　時たま、空漠の曠野が村に場所を譲る。教会の尖塔が抜きん出て、石造りの小家が雑然とかたまった集落を睥睨《へいげい》している。二階の窓に洗濯物を干しているところがちらほらあって、年季を積んだ気象予報士である土地の人々は天気が好《よ》くなると読んでいるふうだった。果たせるかな、地図に「リュベロン自然公園」とあるあたりへさしかかったところで太陽が顔を出した。さんさんと降りそそぐ陽の光に心は浮き立った。何もかもが空を背にくっきりと浮き彫りにされたような風景を望むと、灰色にふり込められたニースの日々がどこか別の惑星のことに思われた。

はるか前方にリュベロンの山並みが見えてきた。ゆったりと横たわるような稜線には、峨々《がが》として人を寄せつけまい岩だらけの絶所を思わせる何もない。嫋《たお》やかな嶺である。私たちのいる南麓から北へ抜ける道もある。ルールマランの村をはずれてそこを行ったが、その数マイルだけがタールマカダム舗装の直線道路だった。やがて道はうねうねと曲がりくねり、私は生まれてはじめて乗り物酔いを体験した。なお悪いことに、狭い道の片側は切り立った崖、反対側は千尋《ちひろ》の谷で、しかも対向車が絶えない。オートバイは躱《かわ》すのにさほど苦労はない。まるでレース場を走るように飛ばしているにしてもだ。車も、こっちがぎりぎりまで路肩いっぱいに寄れば何とかすれ違える。トレーラーやキャンピングカーとなると厄介だ。とりわけ、道路が湾曲しているところでは苦労する。崖を擦りそうになったこともある。胃袋がすくんで、息を殺さずにはいられなかったが、ジェニーは賢明にも目を閉じて難所をやり過ごした。

ようよう、なだらかな広い道に出た。道標は文化果つるところ、ボニューの村を指している。谷越しに十マイルの景観を見晴らす丘の村だった。地図と相談で次の場所を捜した。太い活字で〈レ・ボリー〉と記された土地がある。はて、ボリーとは何だろう。自分たちの村を持つ特権を許されている少数民族だろうか。あるいは、山岳地帯に棲息する希少な生き物の保護区か。それとも、解放された時代ならではのヌーディスト村だろうか。ここは一つ、寄ってみよう。

ヌーディストの姿はどこにもなく、コンクリートは使わずに地元に産する石灰岩を組んだ小屋が寄り添って建つ辺鄙《へんぴ》な村だ。この厚さ六インチの石灰岩がボリーで、十八世紀から十九世紀に建てられた家が二十八軒、大きな蜂の巣を思わせる佇まいを見せている。羊小屋があり、パンを焼く竈や、蚕の飼育設備があり、納屋があって穀倉がある。建った当初は時代の先端だったと想像するが、今も手入れがよく、きちんと維持されている。

歴史探訪に時を移すとよくあることで、現代に返ると口が寂しかった。幸い、ゴルドの村へ入ってすぐのところに恰好な店があった。今でこそ、ゴルドは洗練された地方都市の代表格で、気の利《き》いたホテルやレストラン、ブティックが名を競い、夏は外国人旅行者で大賑わいだが、当時はほとんど人気のない眠ったような、それでいて、石で組み上げた映画のセットかと思うような目も覚めるばかりの美しい街だった。ゴルドの歴史は一〇三一年に遡るが、中央広場を歩いてみれば、爾来《じらい》、この街があまり変わっていないことは想像に難くなかった。何世紀もの日照が建物の外壁にくっきりと蜂蜜色の痕跡を残している。ちょくちょくプロヴァンスに吹き荒れる冷たく乾いた北風、ミストラルは石の表面を限なく磨き上げた。午後遅い散策の愉しみを引き延ばす心で、広場のはずれのカフェに寄った。

テラスに席を取って、周囲に広々と開けた田園の景色を眺めたが、変化を求める衝動が疼《うず》いたのはこの時だったと思う。定めて住みよいところに違いない。私たち二人は勤め人の身で、ロンドン、ニューヨークで長いこと暮らした。このあたりでそろそろ、屈託のない、平坦な道を選ぶのも悪くない。

陽が傾いて、泊まるところを思案しなくてはならなかった。給仕は、ちっ、と舌を鳴らして頭をふった。ゴルドに薦めるほどの場所はないが、少し先の大きな街、カヴァイヨンへ行けばここやかしこと、好みに応じて探せるはずだという。

カヴァイヨンはフランスにおけるメロンの中心地である。いや、それどころか、当地のメロン好きに言わせれば、世界中を見渡してもカヴァイヨンこそ本家本元だ。息を呑む景勝と言うのは当たらず、絵のように美しいよりは、むしろ肉体労働者、職人の肌に馴染みそうな色合いが濃かったが、ゴルドの後では活気に満ちて繁華な街に思えた。この分なら、たっぷり食べて、ぐっすり眠れる。

ホテルはすぐに見つかった。街へ入って間もなくの目抜き通りに地の利を得て、いささか古びてはいるが、それなりにくすんだ魅力がなくもない。フロントの女性もいささか薹《とう》が立っていながら、それなりにくすんだ魅力があって、にっこり笑顔で私たちを迎えた。

「一晩、泊めてもらいたいのだが」

女は眉を吊り上げた。「一晩、ですね?」

次いで、中央廊下に面する狭い客室に私たちを通し、ホテル代を前払いで請求して、歩いて二分のレストランを教えてくれた。

〈シェ・ジョルジュ〉は私たちにぴったりの店だった。品数は控えめで、紙のテーブル掛けもいい。すでに客が込んでいて、調理場のドアが煽《あお》るたびに美味そうな匂いが鼻を掠めた。カヴァイヨンのメロンからとりかかったことは言うまでもない。瑞々しく香り豊かで、これ以上のメロンは、ちょっとほかではお目にかかれまい。ワインは陶製の壺で運ばれてきたが、注いでくれた年輩の紳士は亭主のジョルジュその人だったかもしれない。メロンに続いては店のお薦めで、フレンチフライドポテトを添えたステーキだったが、このステーキがまた醍醐の味と言ってよく、二度揚げのポテトは美食家の感涙を誘って跡を引くほどだ。脂気がまるでなく、カリッ、とした歯触りがこたえられない。これがプロヴァンス料理だとしたら、次の食事が待ち遠しい。

とはいえ、長い一日で、瞼が重くなっていた。ホテルへ戻って部屋の手前で、あたりを憚《はばか》るような二人連れの男とすれ違った。女の忍び笑いと、男の高笑いが重なって、ドアがけたたましく鳴った。相宿の客たちが浮かれ騒いでいる様子だった。

　これがほとんど夜通し続いた。ドアの開け閉《た》てはひっきりなしで、廊下を踏み鳴らす足音が行ったり来たりして、おちおち寝ていられない。後でわかったことだが、私たちが一夜を明かしたそこは土地の売春宿だった。

2 終の住処

陽の当たるカフェのテラスで移住の空想に耽《ふけ》るのと、われに返って現実を考えるのとでは話が別である。イギリスへ戻ってから、プロヴァンスは日増しに遠くなり、その分、日増しに憧れが募った。この時点ではまだ、プロヴァンスのどこで暮らす当てもなかった。プロヴァンスは、およそ土地柄の違うコートダジュールも含めれば、北部山岳地帯からマルセイユを中心とする南仏海岸、カッシまで、三万平方キロ以上に跨がっている。将来の住処についてまるで何も知らない私たちは夢を膨らませて、旅行案内を読み耽るところからはじめるしかなかったが、それでいよいよ気が逸《そ》った。

ジェニーは先手必勝の心掛けで会話学校に籍を置き、十代の生徒たちに交じってフランス語を習った。私はもともと語学の筋はいい方で、学校で教える程度のフランス語なら不自由なかったが、ゴルドのさる女性は私のフランス語を聞いて言った。「おやまあ、あなたのフランス語、スペインの雌牛みたいだことね」私はこれを親しげな褒め言葉と受け取ったが、先方は事実、私の訛りをスペインの牛になぞらえているのだった。

冬がイギリスの泥濘《ぬかる》んだ田園地帯に蟠《わだかま》って、私たちは地図を広げ、〈ミシュラン・ガイド〉をめくって、夏のはじめにはプロヴァンスへ立ち戻ろうと夢を羽ばたかせた。今度は隅々まで抜かりなく、実際に即して計画を詰めなくてはならない。生活費はどれだけかかるだろうか。イギリス難民は歓迎されようか。正規の在住許可が必要だろうか。飼い犬二頭にパスポートがなくてはいけないか。悪名高いフランスの税制にどう対処するか。懸念の材料は数え切れなかったが、いずれもおめでたい楽観と無知から出ることだった。記憶する限りそれまでで最も長い冬に思えたが、諺《ことわざ》にも言う通り、冬来たりなば何とやらで、気持の上では早くも夏物にサングラスだった。あとは行くしかない。


考えてみれば、イギリス人は車で旅をするとなると、積めるだけのイギリスを積み込まないことには気が済まない。大量の紅茶。使い慣れた湯沸かし。チョコレート・ビスケット。布張りの折り畳み椅子二脚。蝙蝠傘。それに、胃薬は断じて欠かせない。外国人は料理に何を添加するかわかったものではないからだ。

私たちはオリーヴ油とワインを積んで帰るつもりで、車はほとんど空っぽだった。プロヴァンスを走る歓びの一つは、次から次へ広いブドウ畑が開けて喉の渇いた旅行者を差し招くことだ。立ち寄って聞き酒をすれば、どうしたって何本か樽で買うことになる。ワインの買い出しにこれ以上の愉快を伴って垢抜けた場面はちょっとない。古い農家であれ、並木路を二百ヤード行った先の、ヴェルサイユ宮の縮尺模型とでも言ったらよさそうな小家であれ、どこも温かく親切に迎えてくれて、買い手は壺中《こちゅう》の天を知る。

何はともあれ、まず出かけないことにははじまらない。ドーヴァー海峡を渡ってカレーから、真っ平らなフランスの田舎を南へ向かった。フランスの人口はイギリスとほぼ同じだが、土地は三倍ほどもある。端から端まで走ってみればわかることで、見渡す限りあっけらかんと何もない景色が続くありさまは、造園家の大集団が仕事を終えて引き揚げたばかりかと思いたくなるほどだ。農地は整然と区画され、垣根は破れ目なく、トラクターの起こした畝《うね》は定規で引いたかのようである。景色はたいていいがらんどうで、建物も、人の気配もない。

「プロヴァンスはヴァランスにはじまる」と古くから言われている。なるほど、ヴァランスを過ぎたあたりから空の色が変わり、建物も石壁やテラコッタの瓦がレンガやスレートに取って代わった。陽は落ちるとも見えず、気温はじわじわと上がった。もうすぐだ。

長年、フランスで暮らしている友人の世話で、ゴルドの中央広場にほど近い小さなアパートを借りた。カフェから百ヤード、村のパン屋まで歩いて二分のところで、隣は当てにできそうな、こぢんまりとしたレストランだ。それに、当時としてはまだ珍しく、電話があった。この上、何を求めることがあろう。

この時のゴルド滞在はほんの二週間だったが、はじめて丸一日を過ごすに当たって、ないがしろにはできない用事が二つあった。飲食物の調達と、不動産屋を探すことである。まあ二時間もあれば用は足りる計算だった。

あの頃、スーパーマーケットへ行けば一カ所で何でも買えるというのは開けた街だけの話で、プロヴァンスの田舎では、パンを買うにはパン屋、肉なら肉屋でなくてはならず、同様に、野菜果物、チーズ、ワイン、洗剤、洗濯ばさみと、何であれそれぞれに専門の店があり、その店員がまた自分のところで扱う品物には一家言あって、長々と講釈を垂れるのが好きだった。おまけに、どの店にも常連の客がいる。傷《いた》んだモモや、萎《しな》びたトマトを摑《つか》まされてはかなわないという疑り深い奥方たちだ。当然、店の方では売り物を派手に宣伝する。客は品物をいじくりまわし、匂いを嗅ぎ、それでも満足せずに試食までする。その間、売り口上はますます盛んになる。疑ってかかった買い手もついには折れて財布の紐を弛め、これでようよう取引が成立する。傍で見ていて面白い情景には違いないが、めっぽう時間がかかる。メロン二つに十分を要することも稀ではない。

陽は中天にかかって、私たちはまだ買うものがいくつも残っていた。困ったことに、正午には街中が店を閉じる。こうして私たちはプロヴァンス流の買いものの心得を学んだ。早めにとりかかること。気を長く持つこと。昼時に遅れないようにすること。

不動産屋を探すのも、なかなか厄介だった。業者が少ないからではなく、その逆で、どこの村にも一ヵ所はひっそりと目立たない場所に「アジャン・イモビリエ／不動産業」の看板があって、木造の鎧戸に、売りに出ている物件の写真を掲げている。絵のような田舎家は「ア・セジール／早い者勝ち」の謳い文句がお定まりだった。ここでまた問題は、経験に乏しい上に、不慣れな土地で感じやすくなっている私たちの目には何もかもが好もしく思えたことだ。屋根が傾いて荒れ果てた納屋、おそらくはそれなりに理由があって二十五年も空き家だった瀟洒《しょうしゃ》な民家、老朽して鳩さえが見捨てた鳩舎……。建物すべてが工夫を凝らして建て替える時期を迎えているようだった。

当然ながら、不動産屋は私たちに劣らず熱心だ。その話術には中古車のセールスマンも感服のあまり顔を赤らめるに違いない。売り家の写真には宣伝文句が添えてある。言わく、無限の可能性を秘めた掘り出し物。そんじょそこらにはない夢の家。それればかりか、私たちは何度か不動産屋の秘密兵器に曝された。これが有り難いことに、というよりはむしろ有り難迷惑だが、人助けをすることに生き甲斐を感じるお節介な顔触れで、その多くが不動産屋の親類筋に当たっている。大工は義弟、電気屋は従兄弟、腕のいい庭師は叔母といった塩梅《あんばい》だ。

幸い、常識に救われて、私たちは上っ調子な売り言葉にことごとく抵抗した。求めているのは住む家であって、五年がかりの改装計画ではないと胸に言い聞かせて、家探しはなおしばらく続いた。

そうこうするうち、村の暮らしの楽しみや、物珍しさも知った。やがてわかったことだが、私たちは地元でちょっとしたニュース種だった。道端で見ず知らずの相手から、家は見つかったかと尋ねられたこともある。ある晩、陽気な年寄りがやってきて、私たちが「例のイギリス人」であることを確かめてから用向きを切り出した。

「お宅には、電話があるそうだね。この村では珍しい」

確かに、電話はある。

「結構。実は、倅《せがれ》の嫁が産み月だが、何も言ってこない。どうしてるかと思ってね」
二、三分で済むだろうと、電話のところへ案内した。十五分後、老人は喜色満面で引き返してきた。
「孫ができた。男だ。体重三キロ」

それはそれは、おめでとう。老人は礼を言い、電話の脇になにがしか置いたからと言い添えて立ち去った。なるほど、テーブルに二十サンチーム硬貨があった。その時は知る由もなかったが、電話料金の請求書を見ると、何と倅が住んでいるのは海の彼方、西インド諸島のマルティニークではないか。

毎日が楽しく刺激に満ちて、また、時には焦《じ》れったかった。総じて私たちが語学で悪戦苦闘する中で歯痒い情況が生じたが、プロヴァンス人の目がくらくらするほどの早口と、忙《せわ》しない表情の変化、目で見る句読点とも言うべき派手な身ぶり手ぶりがなおのこと対話をむずかしくした。もったいぶった様子で鼻の脇を叩けば、大事な話だからとっくり考えろという意味だ。掌をひらひらふるわせれば、この話は必ずしも正確ではないかもしれないと逃げ道になる。親指を嚙み、二の腕をはたき、耳朶《みみたぶ》を引っ張り、軽業もどきで眉毛を小刻みに上げ下げしてと、それぞれの動作に深い思い入れがある。さりげない穏やかな会話ですらこの調子だから、口角泡を飛ばす議論となったらどんな隠し芸が出るかわかったものではない。

家探しも二週目に入って、ボニューの小さな店にサビーヌを訪ねたところから運が向いてきた。それまでに会った不動産屋と違って、サビーヌは物件を売り込むよりも私たちの注文にじっと耳を傾けた。小柄で愛嬌のあるサビーヌは村の暮らしの落とし穴について用心を促し、たちどころに私たちの信頼を勝ち取った。口さがない近隣の僻み根性や、長年にわたる骨肉の争いなど、うっかりすると、とばっちりがかかることが村にはある。余所者、それも在留異邦人の私たちは鵜の目鷹の目で粗探しされる虞《おそれ》なしとしない。無用な好奇の詮索と悪しざまな陰口を嫌って、どこか静かなところを探すのが賢明だが、どう思うかとサビーヌは言った。

私たちがうなずくのを見て、サビーヌは満足な様子だった。と、そこで霊感に打たれたかのように、ぴしゃりと額を叩いた。「ああ、そうだ」その朝、市場に出た物件の写真を手に入れたが、おあつらえ向きだという。

写真は納屋と農家折衷の古びた大きな建物で、石組みの正面が穏やかな陽を浴び、スズカケの木陰に一頭の犬が寝そべっている。コオロギの鳴く音が聞こえるかと思うほど詩情に満ちた絵柄だが、それだけではなかった。

建物は丘の斜面から無人の谷を見おろしている。サビーヌはこれを「私家景」と表現した。私たちはもう、すっかり移り住む気になっていた。売値も尻込みするほどではない。掻《か》き集めれば工面はつく。翌日の午後、サビーヌの案内で物件を見にいくことに話は決まった。

家の造りは隅から隅まで写真をそっくり再現したようで、私家景の眺めはまさに絵葉書だった。持ち主は気さくな画家で、自分はサビーヌと木陰で話しているから、気の済むまで見るようにと言った。私たちは写真を撮り、メモを記しながら内外を見歩いた。家具の配置を考え、やや時代遅れなキッチンの模様替えを話し合ったりもした。値段の交渉はゆっくり、後まわしでいい。遠からずこの土地で暮らすようになることを思って、私たちは有頂天だった。

持ち主のムッシュウ・ルコントにもそれは明らかだったろう。相談はすぐに済むと見越して、ルコント氏はロゼをふるまい、土地の隠れた利点を数え上げた。建物から少し下った谷間にカシの茂みがあって、冬には「南仏の黒いダイア」と呼ばれて世界三大珍味の一つとされる茸の王者、トリュフが山のように採れる。裏手の丘の斜面はシベリアから吹きつける烈風、ミストラルを防いでくれる。屋根が剥がれたり、自殺をそそのかしたりと、ことごとに惨事の元凶とされる季節風だ。この土地はまた良質の水が豊かで、犬にとっても最高と言える。煩わしい近所付き合いに悩まされることもない。ルコント氏の自慢の種が尽きる頃には、私たちは完全に心がかたまっていた。

これを祝って、夜はサビーヌに勧められた村里、ビュウーのレストランで食事をした。サビーヌは店の主で料理人のモーリスと顔見知りで、裏切られない、と請け合った。その言葉に嘘はなかった。以来、長年にわたって、夏は星空の下、冬は赤々と燃える暖炉の前でゆったり食事を楽しんだ。ここで口にした料理のどれもこれもが本物の味だったと言える。

はじめて訪れたその日の主菜は「至福」の一皿だった。めったにない幸運で、これが本当とは信じ難い。

が、事実、その通りだった。

親近

私たちは夜中過ぎまで、先のことをあれこれ語り合った。翌日の午後、サビーヌに会って物件の購入希望者が堂々の所有者になる前に知っておくべきことを詳しく聞く約束だった。どうせ退屈な話だろうが、これも一歩前進のうちと、約束より十分早くサビーヌを訪ねた。

一目見るなり、何か拙《まず》いことがあると知れた。いつもは明るい顔のサビーヌが口をきっと閉じて、眉間に縦皺を寄せている。これから葬式に出るとでもいう顔つきで、前置き抜きに厄介な事情を打ち明けた。

午前中、ムッシュウ・ルコントと電話でやりとりを交わしたが、家の所有権、正確にはその一部に問題がある。目当ての家は、キッチンと並んで小さな物置があることを憶えているだろうか。もちろん、知っている。私たちは境の壁を取っ払ってキッチンを広くする考えだった。

サビーヌは溜息混じりに頭をふって、それはできないと言った。物置小屋はムッシュウ・ルコントの所有ではないからだ。二年ほど前に博打《ばくち》で負けて取られたという。ルコント氏は何度も買い戻そうとしたが、思うようにはならなかった。なお悪いことに、現在の持ち主はこの建物を子供たちに遺すつもりでいる。これが不和の種となって、ルコント氏とその男は今や口もきかない間柄だ。サビーヌが言うには、不幸にしてこの種のいざこざはプロヴァンスでは珍しくない。とりわけ大家族となると話がややこしい。フランスの法律は、両親が没すれば子供たちは遺産を分割協議で等分に継ぐことと定めている。兄弟の仲違いを招く法律である。

例えば、デュポン夫婦の子供三人が時価二百万ユーロの立派な古家を相続したとする。総領のアンリはその家を売って得た分け前で旅行をしたり、道楽に耽《ふけ》る考えだ。妹のエロディはそうと知ってぞっとする。家は人に貸して、家賃を自分の子供たちのために蓄えたい。下の妹ナタリーは気が多く、家の一階で美容院とマッサージ・パーラーをはじめるつもりでいる。結局は話がこじれて、睨み合いは何年にもおよぶ。場合によっては、何世代ということもある。

サビーヌは感心なことに、ルコント家にはかかわるなと忠告した。心配することはない、きっと極上の物件を世話するから任せておけと、自信ありげだった。

そうは言っても、イギリスへ帰るとなると私たちは落胆の極みで、何か慰めがほしかった。車いっぱいにオリーヴ油とロゼ、それに地場の赤ワインを積み込んで、どうにか気持はおさまった。ジェニーも言う通り、プロヴァンスにはまたいつでも来られるし、家を探す間はどこか借りて暮らせばいい。いや、その前にイギリスの家を売らなくてはならない。これが、ささやかながら決定的に重要な課題だった。

そこは藁葺《わらぶ》き屋根の古い農家で、デヴォンの田園地帯を一望する高みにある。土地の不動産屋は頭のてっぺんから足の爪先までツイードずくめのかったるい青年で、この家を「超売れ口」と評した。ならば、いつ売れるだろうか。なに、見込みのある買い手は跡を絶たない。次々にやってきて、みなこの家が気に入った。だが、中には孤立していて淋しいと言い、あるいは藁葺きの下に変な生き物が潜んでいないかと怪しむ向きもあった。隣近所と接触がないと何かと居心地が悪い人種もいる。はてさて、いろいろあるものだ。のろのろと、じれったい数週間だった。

鸚鵡《おうむ》のロジャーと暮らしている芸術家肌の青年が現れて、ようよう救われた。青年は、来て、見て、買う決心をした。法手続きが済むまで四、五週間かかるのは構わない。ほどなく、私たちは懐が潤うから、これは大きな前進だ。ものごとが動きだしている。電話で朗報を伝えると、サビーヌはすぐまたとても素敵なことがあるはずと確信を示した。

その晩はコート・ド・プロヴァンスで祝杯を上げた。ワインがこれほど美味かったことはない。

せかせかと大わらわで家の片付けを済ませて、車に荷物を積み込んだ。プロヴァンスでは何から何まで寄せ集めで間に合わせることにしている。骨董市と土地の職人が頼みの綱だから、積み込んだといっても、犬二頭とそのバスケットで車はあらかたいっぱいで、それ以外の蔵物はみな売り払った。

今度もカレーから南へ向かったが、フランスは前とは違って見えた。これからは、ここが自分の国ではないか。私たちは二人とも、期待に胸を膨らませながら、一抹の不安を意識せずにはいられなかった。二十歳代の若い時分なら何を恐れるでもなかろうが、控えめに言ったところで、われわれ、もう盛りを過ぎている。

フランス北部、中部が背後に去って、またもや空が薄鼠から深い紺青に変わった。アルコール強度で言えば一〇〇プルーフの楽観で喉《のど》を湿したようで、これが不安の雲を追い払い、私たちは現実に即して目の前のことを考えるようになった。まずは食事をどうするかだ。

ゴルドは夕焼けが真っ赤だった。夏はまだ浅く、戸外で食事をする分には暑からず、木の間を抜けてくる風が心地よい。前に借りたアパートの隣のレストランへ行くことにした。

〈シェ・モニーク〉は古風な店で、女将のモニークが表向きを切り盛りし、亭主のジュールと若い助手が調理場で昔ながらのあっさりした献立をととのえる。もっぱらミシュラン・ガイドで星を稼ぐ目当てで凝った料理を工夫する大方のシェフとは違って、ジュールは手慣れた膳立てで満足している。日替わりで出す品数もさして多くない。皿にソースがこてこてと盛ってあるのが近頃の流行りだが、この店の皿は真っ白で、見た目にしつこくないのがいい。ワインリストは簡素の見本で、赤、白、ロゼが大きな水差《カラフ》しで運ばれてくる。ほっとする店だ。

犬を連れているので、露天の席にと希望を伝えると、モニークは軽やかに笑った。「どうぞ、どうぞ」店の奥をふり返って口笛を吹くと、堂々たるバセット犬のアルフォンスが現れてゆさゆさと体を揺すり、こっちの二頭を鼻で小突くと、近くの電柱に片脚を挙げて、悠然と引き揚げた。

モニークは私たちの注文を聞いて、すぐに赤ワインのカラフと、犬たちのために大きな鉢で水を運んでくれた。ミシュラン・ガイドが麗々しく掲載しているレストランの多くはここまで客あしらいがよくはない。不安の種がすっかり除かれて、私たちはゆったりとこの一時を楽しんだ。今しも沈みかける夕陽が石壁を蜜色に柔らかく染めていた。広場を隔てた向こうのカフェは賑やかで、テラスの客たちの英語やドイツ語が途切れ途切れに聞こえる。私たちと同じで七、八月のげんなりする暑さを避けて早めに六月の空合いを賞翫《しょうがん》している旅行者だが、二週間もすれば立ち去るところが私たちと違う。こっちはその先がある。幸せを思わずにはいられない。

料理はモニークの勧めに従った。まずは冷やしたメロンのスープで、これは口蓋《こうがい》を綺麗にして、味蕾《みらい》が敏感になるという。続いてモニークの好物で、シストロンのロースト・ラム。「フランス一の羊」で「天からの贈り物、インゲン豆」が添えてある。どうして割愛できようか。

メロン・スープはよく冷えて、驚くほど喉越しが滑らかで、バジルの隠し味が利いている。これを片付けると、モニークが約束した通り、味蕾が極度に敏感になって食欲が増した。子羊の肉はピンクで柔らかく、インゲン豆は今しがた畑から採ってきたかのようだった。こんがり焼けた小ぶりのポテトは黄金の味覚と言っていい。

地元のチーズが出て、次はリンゴの薄切りを添えたタルト。ジェニーはこれに目がない。締めくくりはコーヒーと、ショットグラスに注がれて妖しいまで飲み口のいいマール・ド・プロヴァンスだった。食後は犬の散歩だが、私たちと同じで、二頭は異土プロヴァンス特有の香気をたちどころに感じ取った。電柱さえもが、何やらわからないながら、不思議に気をそそると見える。日暮れ方、みなそれぞれに発見があった。プロヴァンス生活は上々の滑り出しだった。

4 第二印象

借り住まいのアパートに戻ってほどなく、物見遊山のイギリス人と在留異邦人の違いを実感したが、ことのほか、嬉しい体験だった。私たちのフランス語はどうにか通じたが、時に笑いを誘い、片言英語の返事を引き出すこともちょくちょくだった。会話は生真面目で、物々しくうなずいたり、指をふりたてたりと思い入れよろしく、区切り区切りに私の答を期待する沈黙が置かれる。これがなかなか油断ならなかった。

「フランスでは、イギリス人はみな揃いも揃ってクリケットに夢中なことがよく知られていますが、この国の、ブールと似たような競技ですよね。ひとつ、クリケットのルールを教えてくれませんか」白状すると、私の最も苦手な話題だった。とはいえ、求めには応じなくては義理が立たない。乏しい知識を動員して説明に努めると、みなみな目を輝かせて身を乗り出す。クリケットで言う「ショートレッグ」は打者のすぐ後ろの野手。「ロングオン」は投手の右背後の野手。「ミッドオフ」は三柱門《ウィケット》の左側の野手。「ガリー」

は打者の右少し前の守備位置。「セカンド・スリップ」は捕手の後方、打者から見て左側。第一級の試合となると、勝負がつかないまま五日続くこともある。と、まあこのあたりまで話すと、みんな頭が混乱して、ビールで一息、または、もっと易しい政治のことに話題を変えようという空気になる。

それはともかく、私たちの移住の決断は誰もが理解して、全面的に支持してくれた。しばしば聞かされたが、フランスはヨーロッパ一の国というだけでなく、プロヴァンスはフランスで最も素晴らしい土地である。年間三百日、太陽が照り渡る景勝の地がほかのどこにあるだろうか。いったい、ほかのどこで正真正銘のロゼが飲めるだろうか。風味豊かで、時に辛口のロゼはグラス一杯の夏の輝きではないか。山羊のチーズが芸術の域にまで昇華している土地がほかにあろうか。そんなこんなで、プロヴァンスの暮らしの特異な側面を列挙したら切りがない。

この恩恵の言い立てで敬服に値するのは、愛郷者たちが人にものを押しつけようとしないことだ。プロヴァンス人は地球上のどこよりも特典に恵まれた環境に生きていると信じきっていて、他所へ移る意思はない。ゴルドで知り合った中には、生涯この土地で暮らしている家族が少なくない。同じ一軒の家で、幾世代もの例もある。地元住民の集団的記憶は百年を超す昔に遡る。プロヴァンス人は生きた歴史の教科書だ。

それがゆとりを持って人生をのんびり楽しむ心優しい人種を育てたと思われる。時間に急《せ》かれる今様のせせこましい風潮を嫌うプロヴァンス人は、当然ながら政府を信用せず、「パリの出来損ない」と言って見下している。雨が二日も続けば機嫌が悪い。だが、総じて陽気で円満な温情派だ。私たちはずいぶん教えられた。昼の食事のために、差し迫った用向きを後まわしにしたところで不都合はない。時間は融通が利く。明日は明日の風が吹く。

余裕のある生き方とともに、いや、そのためにこそだろうか、プロヴァンス人は以前にくらべて、目に見えて丁寧になった。毎日のように会っている同士でも、握手と、頬にキッス二度の挨拶は欠かせない。三度のこともある。その上で、他愛のない噂話のやりとりもなしには済まされない。

第一印象が常に喜ばしいとは限らなかった。フランス人は公文書、ないしは書類と名がつけば紙切れ一枚でも大騒ぎで、これにはさんざん泣かされた。電気料金請求書、医師の処方箋、納税申告書、電話料金請求書、銀行取引明細書などは国家安全保障にかかわる重要書類であって、最低二年間、ものによっては、五年、もしくは十年、保存しなくてはならない決まりがある。移り住んだはじめの頃、書類の保存に近所の車庫を借りようかと真剣に考えたが、二十年以上ここにいて、提示を求められたことはただの一度もないことを思うと拍子抜けだ。当方の暮らし向きを鋭敏に反映する電気料金の請求書すら、何の役にも立ちはしない。

フランス人の日ごろ丁寧な態度ふるまいに感じ入っているところから、その品性、根気、誠意がはるか後方に押しやられる場面は語るだけのことがある。それというのは、イギリス人が遠い昔に考え出したに相違ない行列の習慣で、我の強いフランス人は列を作って順番を待つことを頑として潔しとしない。フランス人は人を押しのけ、割り込み、隙を見てほかを出し抜き、あるいは、たまたま先頭に立っている友人ににじり寄る。私の知り合いで威勢のいい老婦人は買いものに行くのに、普段は使いもしない松葉杖を携え、武器のようにふりまわして前を塞《ふさ》ぐ通行人を追い払う。

だが、歩行者が相手のこの威嚇《いかく》行為も、フランス人がハンドルを握った時の殺気立った一幕とは比較にならない。見通しの悪いカーヴで、たった六インチ背後から追い越しをかける危険はまだなこと、限られた駐車場を奪い合う壮烈な意地くらべといったらない。運転者はけたたましくホーンを鳴らして相手を脅し、さらには窓を下ろして声の限りに怒鳴りつける。果ては車を降りて詰め寄るが、自分の車が道を塞いで背後に生じた渋滞の列から抗議の叫びが割れ返る。当人は引っ込みがつかずに腕をふりあげ、どす黒い顔をして喚き続ける。渋滞の列はますます長くなり、ホーンの嵐は地をどよもす。渋滞を起こした張本人は通行妨害の廉《かど》で地元警察にしょっ引かれる前に敗北を認めなくてはならない。いざこざが歩道のカフェの店先なら、客たちの喝采で、敗北者はわずかに慰められる。

こうしたささやかな騒乱が刺激になって、クロワッサンを買いにパン屋へ行くだけの雑用が、小半時の快楽に変わる。私たちは、段取りよくものごとを片付け、時間に几帳面であろうとする長年の習慣が次第にあやふやになっているのを感じた。ブールをやっているところへさしかかれば足を止めて、自慢の妙技にしばし見とれずにはいられない。ご案内の通り、ブールは標的、コショネにどこまで近く球を投げたかを競うフランスの遊戯で、コショネは子豚のことだが、ブールではこの的球を言う。目を細めて的を狙い、中腰の構えから流れるような動きで投球するところは大道芸のバレエを見るようだ。当然ながら、この場面には諍《いさか》いが付きもので、筋の通った議論のはずがたちまち、ああ言えばこう言うの喧嘩沙汰になる。ブールを囲んでそれぞれが判定を言い募るから、話は埒《らち》が明かない。議論に決着をつけるために巻き尺が持ち出されたりもする。この分では摑み合いは避けられまいというところで、蟠りが解けて、ビールで仲直りが毎度の筋書きだ。クリケットでは、こうはいかない。

この手の気散じを挟んで、終《つい》の塒《ねぐら》探しはなお続いた。焦燥と感興が相半ばしていたが、家を売ろうとする土地者の狡猾なやり方を知る機会でもあった。愛着のある資産を処分する売り手は例外なく、虫のいい謳い文句で物件を飾る。傾いた屋根や、蝶番いにがたの来た鎧戸は「ピトレスク／絵のような趣き」で、侏儒《こびと》ですら首をすくめるほど低い天井は「アンティーム／こぢんまりと内輪の空気」を醸し、博物館行きの調理道具が並ぶじめじめとした手狭なキッチンは「トラディショネル／伝統的」な生活習慣を約束する。それのみか、ほとんどは前の持ち主が物故して、長いこと空き家のままだった。だとしても、前世紀の遺物と言うしかないような古家に住み着こうとは、なかなか想像が湧かなかった。

数ヶ月して運が開けて、丘の中腹に家が見つかった。裏手の斜面は広大なリュベロン自然公園と地続きで、ささやかなブドウ園があり、石造りの家が建ち並ぶ景観が味わい深く、歴史の古いメネルブの村は目と鼻の先である。

引っ越したてにはよくあることで、最初の晩はベッドのほかにほとんど何もない部屋で過ごした。追ってイギリスから家具類が届くはずだったが、こっちは浮き浮きしているから、そんなことは気にかけもしない。犬たちははじめて歩いた森を気楽な領分と心得て上機嫌だった。メネルブは快適なところだ。庭にはプールがある。近隣に煩わされる気遣いはない。埴生《はにゅう》の宿もわが宿だ。これで私たちは本式にフランスの住人となった。

私は時たま小説を書きたい衝動に駆られたが、いつの場合も、きっと何かがタイプライターに向かうことを妨げた。プロヴァンスには関心をそそられることがいくらもある。一番近い知り合い、といっても距離はずいぶん遠いのだが、親しくしているのはフォースタンとその妻アンリエットで、この家の前の持ち主からそのまま引き取った格好だ。久しい以前からブドウ園の世話を見る約束になっていて、二人の律儀な仕事ぶりにはただただ頭が下がる。フォースタンは毎日のようにトラクターでブドウ園に出向き、手隙の折りにはブドウの栽培と、グラス一杯のワインが熟成するまでの延々たる過程について玄人の知識を伝授してくれた。私たちはブドウの刈り込みを覚え、ブドウの古い根が暖炉向きの極めて上等な焚きものになることを知った。それに、自分の畑のブドウを醸したはじめてのワインを傾けた時の感慨は忘れ難い。品評会で賞を獲ることはなかろうが、堂々、自家醸造ではないか。

どの季節にも、じっくり腰を落ち着けて仕事をしないための恰好な理由があって、タイプライターは埃をかぶったまま、いつしか私は罪悪感に苛まれなくなった。今でこそ、これは大方の物書きが生涯のどこかで身につける習性と知っているけれどもだ。ブドウの収穫期が訪れて、フォースタンはトラクターを降りた。旅行者は立ち去り、一円は目に見えて閑散として、空気は冬を孕《はら》んだ。

村々やブドウ園は冬眠の時期を迎えたが、森は活気に漲った。狩猟期が訪れて、一月に狩りの季節が終わるまで、野ウサギも、ウズラも、イノシシも、命の危機と隣り合わせだ。

狩猟は日曜の朝七時前後、私たちを叩き起こす一斉射撃ではじまる。長い夏を過ごした檻から解放されて逸り立つ猟犬たちの咆哮《ほうこう》が喧噪に輪をかけ、わが家の犬どもも形ばかりこれに加わって、田園の夜明けの歌は昼時まで続く。悲しいかな、銃声が途絶えて静寂があたりを安らげるのはほんの時たまでしかない。フランスでは毎年、猟銃の事故で十数人の死者が出る。時には二百件を超える事故が起きて被害者が病院へ運ばれることもある。つい最近、ハンターが野ウサギを狙ったつもりで兄弟の脚を撃った。これとは別に、ウズラと見違えて息子を撃った例もある。狙いを誤った事故でとりわけ傷ましいのは、八十歳の猟師が恋仲の二人連れをキジと思って撃った悲劇である。

これらの事例は、毎日、犬を連れて森を歩くのがひとかたならず危険な習慣であることを物語っている。用心に越したことはない。私たちは犬の首輪にけたたましい音のする大きな鈴をつけ、森ではできるだけ騒々しくふるまうことにした。木の枝をへし折り、犬どもを怒鳴りつけ、出るままに悪態を吐いたりだ。

その甲斐あってか、猟師と出逢うことはめったになかった。一人だけ出っくわした相手は、上から下までカーキ色ずくめの小柄な男で、弾帯には実包がぎっしりだったが、私よりもよほど臆病と見受けられた。近づいていくと、男はライフルを捧げ銃の位置に構えて一歩後へ退った。

「噛みつかないか、その犬は？」犬たちが鼻を寄せると、男は銃を取り直してまた後ずさりした。私は犬どもが武器を携えた相手だけに襲いかかるように仕込まれていると言いたいところを我慢して、心配にはおよばないと請け合った。それでも男はそわそわと落ち着かず、私が縄張りを侵していると不機嫌な様子だった。

「ここで何をしている？」男はライフルを低く構えて私を睨んだ。

「住んでいるのだよ。そっちは？　どこの誰かね？」

男は私と言葉を交わすことを嫌い、ぷいと顔を背けて立ち去った。話しかけるよりも先に発砲すればよかったと悔やんでいたのではなかろうか。

この冬、生き物を狩るのとは別の狩猟を覚えた。穏やかで、およそ危険を伴わず、しかも収穫の豊かな狩りである。銃も弾薬も必要ない。唯一、欠くことのできない装備は、そう、装備と言ってよければだが、極度に鋭敏な嗅覚、黄金の鼻を持った犬だけだ。その犬は、世界で最も神秘に満ちて値の張る茸、黒トリュフ（Tuber melanosporum）を嗅ぎつけて掘り出すように訓練されていなくてはならない。

かねてから、多くの人々が知恵を絞り、努力を重ねてきたにもかかわらず、人工栽培のトリュフは、味、香り、歯触りと、どれを取っても天然ものに遠くおよばない。トリュフは灌木の根に寄生して繊維状の菌の塊を作る。これを菌糸体と言うのだが、どこにあるかわからないから、天然トリュフは発見が極めてむずかしい。そのために、犬が仕込まれ、伝説が生まれ、値段が跳ね上がる。二〇一四年には、フランス産にはやや劣るイタリアの大きな白トリュフ一個がサザビーズの競売で六万ドルで落札した。現在、普通の大きさの黒トリュフは一ポンドあたり千ドルが相場である。果たしてそれほどの価値があるだろうか。あるいは、ただ見栄っ張りの物好きが贅沢趣味で高い金を出すだけだろうか。

幸いなことに、私たちはトリュフの採れる土地で暮らしているから、掘ることを商売にしている男からパリの市価よりはるかに安く手に入る。冬のご馳走はトリュフ料理のいろいろである。オムレツに焼き込んでよし、パスタの具にしてもいい。何よりも驕った逸品は、さる友人がこれぞ天国の味覚と折紙をつけている一皿だ。厚切りのフォアグラをアルミホイルに並べ、その上にトリュフをまぶしてオーブンに入れる。フォアグラが溶けるところへトリュフがじわじわと絡む。微かに土の味がするトリュフとフォアグラが混ざり合ったこの和え物に味を占めたら、もう、ハンバーガーなどおかしくて食べられたものではない。どうぞ、ごゆっくり。

5 フランス人の礼儀作法

さほど付き合いの長くない大半の人々からすると、フランス人の評判はあまり芳しいものではない。横柄で、とげとげしく、間違っても未知の相手と抱擁を交わすような真似はしない。とはいえ、多くの社会通念と同じで、これはとんと的はずれだ。フランス人は別してほかと違いがあろうはずもない並みの人種ではないか。ただ、子供の頃から文化生活の規範というより、時に人間関係を阻害する要素と見られかねない礼節を叩き込まれている。

今の世の中で、これは極めて珍しく、特異と言うに値する。イギリスにも、かつて「礼儀は人を作る」とされて、行動の指針として広く礼節が守られている時代があった。だが、そんな時代は遠くに去って、何ごとにつけ形式ばらない略式が取って代わった。ところが、フランスは事情が違い、二十五年前の私たち新参者にはその対比がえらく鮮烈だった。

まず真っ先に気づいたのは、肉体的接触の必要性である。最も単純なところで、そもそもはじまりは男同士のあっさりした握手だが、これも手が空いていないことには格好がつかない。何か持っているとしたら、その荷物を脇へ置いて手を差し延べるのがものの順序で、それが駄目なら肘を張る。それもできないとなったら、最後の手段で小指を立てればいい。実際、路傍で曲芸師が準備体操をしているのかと思うような場面を何度も見ている。が、見た目はどうでもいい。大切なのは体の触れ合いである。大工、植木屋、その他もろもろ、仕事で手が汚れる職人も、挨拶のためには手首を出す。手首は汚れが目立たない。

体の触れ合いは男だけではなしに、女性の間でも重要視されている。ただ、女性の場合は頬にキッスをする約束だから、何かとややこしい。左右の頬に一度ずつが普通で、顔の向きを変えるに際しては、鼻と鼻が当たらないように注意しなくてはならない。これは極く一般的な場合で、親しい間柄ではキッスが三度になる。心優しい学生が大勢のエクサンプロヴァンスでは、キッス四度も珍しくない。

以前はイギリス人旅行者の目に大層な異風と映った男同士のキッスも、今では傍が目くじらを立てることではない。私の友人に、目をつむっていても男のキッスはわかると言うのがいる。じっと耳を澄ませば、髯と髯が擦れ合う微かな音が聞こえるそうである。

フランス人の礼節を語るとなればキッスだけでは済まない。会話の作法、言葉遣いにもいろいろと決まりがあって、二人称を指す単純な一語が使い方次第でその含みや響き、話者の心情に陰影を与える。フランス語の二人称は、ヴー（vous）、テュ（tu）、トワ（toi）の三通りで、それぞれに特定の用法がある。ヴーは格式の高い表現で、初対面の相手や、立場の違いによって疎遠な間柄で使う。親しい関係になれば、二人称はテュに変わる。目下に向かって強く出るならトワだ。「テ・トワ／静かにしろ」などはその例である。

何ごとにも例外があるのは当然で、私が好きなのはフランスの前大統領が四十年、睦まじく連れ添った奥方を飽くまでもヴーで通したことだ。他人行儀はとうの昔に拭い去られていたろうに。が、それはともかく、全体としてフランス人は古来の慣習によく従っている。とりわけ「ボンジュール／bonjour」の鉄則を守る気遣いは見上げたものだ。「こんにちは、おはよう」の挨拶であるボンジュールは、フランス語のうちでもとりわけ含蓄のある言葉で、いわばフランス人社会に和をもたらす口頭のパスポートだ。それを忘れると、人から無視され、無作法と思われ、悪くすれば、頭が高い異邦人と取られる虞なしとしない。おまけに、ボンジュールは値段がついている数少ない言葉の一つである。かつてパリに注文をする客の態度の善し悪しに応じて割引をするカフェがあった。コーヒー一杯は二・五〇ユーロだが、そこでボンジュールの一言を添えれば二ユーロ、さらに笑顔が加われば、一・五ユーロにしてくれる。レストランの給仕たちも人間扱いを望んでいて、その手はじめがボンジュールの挨拶だ。

ほかではほとんど忘れ去られたさりげない親切の習慣がこの国では生きている。女性が部屋に入る時、男性がドアを押さえて先を譲り、あるいは、食事に際してワインを好みに合わせるなど、それと意識する以前の話だ。いや、ワインについては一概には言えないけれども。

これがいったい何ほどのことだろうか。それとも、世の中がのんびりしていた時代の名残と言うまでだろうか。年月を経て、私はフランスの流儀に馴染んだが、これなくしては日々の暮らしが殺伐としたものになってしまう。何となれば、礼儀作法は単に社会の飾りものではなく、他人に対する敬愛と思慮の自然な表現だからである。そのおかげで、バゲットを買いにゆくにせよ、初対面の相手と話すにせよ、毎日の暮らしが快楽になる。

この恵まれた世界には、見過ごしならない俗習がふたつある。一つは、フランス人はハンドルを握るとたちまち人が変わって、他者を思い遣る心をなくすことだ。

男女の別なく、普段は温和で善良な市民がせっかちになり、むしゃくしゃして、やたらにホーンを鳴らし、危険な追い越しをかける。前を行く他人の運転技量を詰る。上手いこと駐車スペースを確保した相手を呪い、安全運転を心懸けてスピードを控えている他人を罵ったりもする。こうした場面で最善の対応は、知らぬ顔を極め込んで前方注視に徹することだ。

腹立たしくはあろうとも、それが何よりだ。

もう一つは行列である。もともとは規則のない未発達のコンタクトスポーツ、つまり、相手チームの選手と体の接触が許されているスポーツにはじまったことが、何らの変化もないまま時代を経ているところに問題があるように思う。行列となると、女性はふるまいが巧みで、男性は遠くおよばない。女性は機を見るに敏《びん》で、冷淡で、決心が堅い。こことと思えば、男どもが尻込みするところでも平気で割り込む。

イギリスへ行くたびに、プロヴァンスの主婦たちの乱闘ぶりを見馴れた目で、イギリス人のおとなしい行列に感心する。事実、男が眦を吊り上げた女性に順番を譲るところを間近に見たことがある。思えば、イギリス人の礼節は今なお健在かもしれない。

6

フランス語を少しずつ

フランス語を学ぶ最良の手段は、語学に堪能で忍耐強い教師につくことだ。それが駄目なら、入門書や地元の新聞、テレビを教材にせいぜい努力を重ね、郵便局や肉屋の店先で、つっかえつっかえ、会話を試みるしかない。もちろん、運よく指導者に恵まれれば話は違う。私の場合はまったくの偶然で、ある日曜の朝、ジェニーのパンとクロワッサンを買いに出かけて教師に巡り合った。

「ユンヌ・バゲット、エ・ユンヌ・クロワッサン、シル・ヴ・プレ／バゲットと、クロワッサンをお願いします」

途端に背後で声がした。「ノン、ノン、エ・ノン／おっとっと、それは違う」

ふり返ってみると、頭に白いものが混じって、円縁の眼鏡をかけた小柄な男が人差し指を忙しなくふり立てていた。私の困惑を察してか、男は説明を加えた。

「セ・ル・クロワッサン。マスキュラン／男性名詞だから、ル・クロワッサンだ」

「エクスキュゼ・モワ、ムッシュー。ジュ・スュイ・アングレ／勘弁してください。イギリス人だもので」

「ほう。私、英語、話せるよ」男は手を延べた。「ファリグールだ」

「メイルです」握手を交わし、バゲットと、ル・クロワッサンを抱えて去りかけたが、ファリグール氏はまだ言うことがあって、時計を見た。「表で待っててくれないか。コーヒーでも飲もう。いや、どこぞで一杯やるか」

テーブルを挟んで向き合うと、ファリグール氏は先を続けた。「イギリス人と英語で話すことはめったになくてね。いい機会だから、遠慮は抜きに思うさましゃべるとしようか」

事実、ファリグール氏は一時間近くしゃべり続けた。訛りがあるものの、それがむしろ耳に心地よく、どうしてなかなか達者な英語だった。話が跡切れるのはワインを注文する時と、自分の英語が正しいことを確かめる時だけだ。地元の学校で英語教師をしていたが、最近、職を退いたばかりで、退屈を持て余しているという。村で人と交わす対話は程度が低くて物足りず、小さな庭の手入れで日を過ごすのはもううんざりだ。「人間の頭は筋肉と同じで、使わなければ衰える一方だ。それで、フランス語の上達には、どういったことをしているね？」

私は氏の顔を覗き見た。こっちはフランス語を窮《きわ》めたい。目の前に本職の教師がいる。時間はたっぷりある。そうとなれば話は早い。以後、毎週会うことになった。いわゆる「履修課程」を編成してくれる約束で、宿題も出る。ファリグールに言わせれば、私のフランス語は春先に咲き誇る花のように派手やかになるはずだった。グラスを重ねるうちに、ファリグールは土地のワインに関して驚くほど知識が豊富だとわかった。蘊蓄《うんちく》を傾けようというのなら、それも結構ではないか。個人教授を受けてワインの通になるだけでなく、経験で鍛えた味覚の持ち主のおかげで、愛飲、秘蔵、敬遠と、とかく混乱がつきまとうワイン選択の厄介から解放されるなら有り難い。

ジェニーは自分でほかに相談相手を見つけていたが、ファリグールと近付きになったことを私と同じように喜んだ。これで、外国にいながら母国語にこだわって頑なに英語を話すイギリス人の集まり、アングロフォン・クラブと縁が切れる。手はじめに、飼い犬にフランス語で話しかけることにした。

毎週会うようになってまだ日の浅い頃、ファリグールは前の週に話したことを憶えているかと尋ねた。忘れるはずはない。ファリグールは言った。フランス語はただ詩的で情緒に富む美しい言葉であるのみならず、あらゆる意味で、ほかのどの国の言葉よりも優れている。論理的な言葉でもあって、何語とくらべても付加価値が高い。形容詞は常に名詞と協和しなくてはならず、動詞は厳密にして、かつ融通が利かなくてはならない。わけても大事なのは、言葉の性別を示すジェンダーで、誤りは許されない。ここで、ファリグールはフランス人が好んで口にする語句を例に引いた。「フランス万歳」がただ「ヴィヴ・フランス」では、どうにも平板で趣に欠ける。ところが、これにフランス国名のジェンダーが加わると、はるかに響きがよく、おまけに品格のある表現になる。理の当然で、このジェンダーは女性、フランス万歳はすなわち「ヴィヴ・ラ・フランス」である。

ジェンダーの性別を定める公式の組織なり、機関なりがあるのかどうか聞いてみた。例えば、Eメールのような新しい言葉が登場した場合、それが男性／アンか、女性／ユンヌか、いったい誰の責任で決まるのだろうか。言葉は政府の管轄で、担当大臣がその任に当たるのか、それとも、フランス語に関しては何ごとも、フランス学士院／アカデミー・フランセーズの鶴の一声だろうか。

フランス語はあらゆる点で論理的だとするファリグールの説に、私はもう一つ納得がいかなかった。言葉は人が使うことで進化する。だが、人は往々にして論理をないがしろにする。何か、ファリグールの説を検証する材料が見つからないものか興味が湧いて、辞書を繙《ひもと》き、ジェンダーの不規則性が見て取れる例を捜した。

三十分ほどして、なるほどファリグールの言う通り、論理は絶対とうなずきかけた。と、そこで、「放浪／ヴァガボンダージュ」と「往復／ヴァーエーヴィヤン」に挟まって、これだ、という言葉が目についた。「膣／ル・ヴァジャン」。どう考えたところで女性の持ちもの以外ではあり得ないワギナが、気が変わったとでもいうように、字引には男性名詞で出ている。いったい、そのどこに論理があるだろうか。フランス語にとって何よりも肝腎な、正しいジェンダーはどうしたのだろうか。翌週、ファリグールに会うのが待ち遠しくてならなかった。

ファリグールは眉一つ動かすでもなく、ジェンダーの選択が不規則と考えているふうもなかった。そして持説の裏付けに、なぜワギナが確固として男性名詞なのか、文法上の、さらには生物学的な理由を挙げて滔々《とうとう》と弁じ立てた。

そのまた次の週、私は新たな発見を伝えた。フランスでは現在十万語の単語が通用している。イギリスでは十七万一千四百七十六語だ。英語は進んでいる、と私は思ったが、必ずしもそうではない。ファリグールに言わせれば、フランス語は英語よりはるかに懐が深いので、そもそも余計な語彙は必要としない。この説明を自分の務めと心得て調子づいたファリグールは、フランス文学の引用で博識をひけらかしにかかった。これにはほとほとげんなりで、頭痛と偽って途中で打ち切りにしてもらった。

世の中よくしたもので、ファリグールほどの蓄積はないにしても、学術分野を離れては要領のいい器用人に事欠かない。とりわけ、身ぶり手ぶりで意思を伝える仕方話の巧者はよく目立つ。カフェなどでちょくちょく見かける、フランス人が会話を彩る仕種はほれぼれするほどだ。指、掌、腕、眉毛の自在な動きと声の抑揚によって論点を強調し、発言の内容を敷衍《ふえん》する話術は絶妙と言うに値する。人の会話に耳を傾けるのは言葉を学ぶ上で重要な過程だが、仮定法の時制が正しくはどうこう、などということよりもよほど歯応えがある。

知らず知らずのうちにフランス語の先生になったのは、毎朝ベルを鳴らす郵便配達のレイモンで、仕事が立て込んでいなければ、コーヒーを飲んでひとしきり雑談を交わす。ある朝、ロンドンへ宛てた封書を託してその週のうちに届くかどうか尋ねた。レイモンはうなずいた。「ノルマルマン、ウイ／ああ、普通はね」だが、見ると腰のあたりに手をやって、掌を伏せて小刻みに揺さぶっている。請け合えないということだろうか。「万事、順調にいけばね」レイモンは考えられる遅配の理由を並べた。筆頭はイギリスの郵便事情の気紛れだった。してみれば、ひらひらする手は「あわよくば」または「さて、どうかな」と翻訳できる。つまりは、ものごとの不確かなことを意味する動作で、人の言うことを額面通りに受け取るなという警告だ。以後、私は何度となくこの暗黙の否定、ないしは懐疑に泣かされた。たいていは、原稿の締め切りをめぐる駆け引きだった。

身ぶり手ぶりで意思の疎通を図る手話表現で、鼻は多様な機能を果たす。人差し指でさもさもらしく鼻を叩けば、話者は自分が何を言っているかわかっているから、真面目に聞けという意味になる。これはここだけの話、の含みもある。ほかにもいろいろと違った形で鼻は話し言葉を補足する。鼻の頭に人差し指をあてがって小突くようにすれば酔ったしるしで、バーやカフェでお馴染みの景色だろう。手がまたよく動く。ものを叩き、あるいは握りしめる。掌を返せば信じられない気持の表現だ。力を入れてものを言うには手刀をふるう。友人のパトリスと静かにラグビーの話をするうちに、手を動かすせいで疲労困憊に達したことも何度かある。

中でも角が立って、丁寧な席では考えものという仕種も目につく。苛立ちと侮蔑のあまり、言葉では鬱憤が晴れない場合の表現だ。不愉快の元凶に向けて腕を突き出し、片方の手で二の腕をはたく動作で、「糞食らえ！」と罵るに等しく、人はみな渋滞した道路でこれをやる。

不快を示す仕種の止めは肩をすくめる見得《ポーズ》だが、以前はフランス人の専売特許とされていた。その時代、フランス人が肩をすくめる場面でイギリス人は両手をズボンのポケットに突っ込み、イタリア人は平手でぴしゃりと額を叩いた。アメリカ人は弁護士に電話し、ドイツ人は首相に苦情を訴えた。今では世界中、誰しもが肩をすくめるようになったが、何と言っても、これはフランス人が板についている。器用で隙のないフランス人のこの仕種を脇から見ると、気持がそっくり伝わるばかりか、身ぶりに伴う捨て台詞まで聞こえてくるかと思うほどだ。

7 エリゼ宮の晩餐

何百年もの間、悪口を叩き合い、いがみ合い、戦火を交えたフランスとイギリスは、もうたくさん、と心を入れ替え、このあたりで同盟を結ぼうと約束した。これに促されて「英仏協商／アンタント・コルディャル」は一九〇四年四月八日、調印の運びとなった。この協定によって両国間に新しく堅固な友好関係が築かれたが、成功だった証拠に年々百万のイギリス人がフランスで休暇を過ごし、現在、四十万のフランス人がロンドンで暮らしている。

二〇〇四年四月の時点で、英仏協商はなお難なく機能していた。フランス大統領、ジャック・シラクは協商百年を記念して晩餐会を主催した。ご賢察の通り、これは生半《なまなか》なことではない。何よりもまず、来賓は二百人を数え、イギリス女王とその夫君、エディンバラ公フィリップ殿下をはじめ、実業界の大立て者、政府高官、映画演劇界の花形と錚々《そうそう》たる顔触れだ。身不肖ながらこの私も末席を汚すことになった。

そもそも私ごときがどうしてそんな著名人を選りすぐった霽《は》れの席に招かれたのか、不思議といえば不思議だが、理由は三つ考えられる。まず第一はイギリス人であること。次いで、フランスに骨を埋める意思でいること。それに、南仏プロヴァンスで暮らす歓びを本に書いたことで、私は吹けば飛ぶような軽輩にすぎないとはいえ、英仏協商の生き証人なのだ。

それにしても、招待状が届いた時の驚きと言ったらなかった。厚手の白い大きなカードに催しの趣旨が述べられ、冒頭に、かつて見たこともないような達筆で宛名が記されている。大統領専属の書家の手跡と察するが、高額紙幣の額面に似合いそうな、流麗な飾り書きである。カードの裏にはもっと事務的な字体で、来賓は招待状と身分証明を携えて、遅くとも七時四十五分までにフォーブール・サントノーレ55に到着のことと注意書きが貼り付けてあった。食事をするのにパスポートが必要とは、はじめてのことだった。

服装の指示もあった。制服《ユニフォーム》と名のつくものがあれば幸いだが、それがなければスーツ着用のこととされている。スーツはあるが、この十年ほど袖を通していない。戸棚の奥から引っ張り出して、状態を見た。黒の上下だから、当夜はこれでいい。上着は以前のままぴったりだが、ズボンは縮んでいるようだった。さんざん時間をかけて調節して、どうにか前に屈んだり、立ったり座ったり、楽にふるまえるようになった。

いよいよその日になって、拝謁を待つ控えの間に案内された。知った顔はないかとあたりを見まわしたが、残念ながら、周囲は礼装に威儀を正した見ず知らずばかりで、しかも女性の姿はない。

行列が動きだして、女王陛下とフィリップ殿下に、大統領夫妻と、格式の高い「歓迎委員会」の面々と向き合った。順番が来て、お仕着せ姿の従僕に紹介されて女王陛下に挨拶した。陛下はこの対面を心からお慶びの様子で、無数の人間と触れ合うことで身につけられたであろう握手のなさりようは、気品に満ちて、それはそれは雅《みやび》やかだった。フィリップ殿下、シラク夫妻とも握手を交わしたところで、最前とは別のお仕着せの役人が私を脇へ引き寄せた。身のまわりを観察する機会だった。

エリゼ宮は大統領官邸として百五十年を超す歴史があり、歴代大統領はその居心地と飾りつけに出費を惜しまなかった。シャンデリア、高価なカーペット、天井画と、何から何まで、金に糸目をつけぬとはこれを言う。その上、バーの勘定が年々百万ユーロにもなる来賓の供応を控えることもなかった。

招待された二百人は絢爛豪華な大宴会場に居並んだ。テーブルにはきらびやかなクリスタル・グラスが林立し、ナイフやフォークなど、夥しい銀食器の配列は、兵器庫さながらの壮観だった。お仕着せの従僕たちは目立たぬように気を遣いながら、てきぱきと立ち働いている。向こうが霞むほどのテーブルを見渡して、これだけ大量の洗いものを押しつけられる調理場の下働きたちにひとかたならず同情を覚えた。

テーブルを隔ててほぼ真向かいに、音楽や映画の仕事で見知っている三人、ジェーン・バーキン、シャーロット・ランプリング、クリスティン・スコット・トーマスが顔を揃えて一座に花を添えていた。たまたま物書きと席を共にする機会を楽しんでいるふうだったが、惜しいかな、テーブルが大きくて言葉を交わすには遠すぎた。私は両隣の、財界の大物とおざなりの話題で間を持たせるしかなかった。

次から次へ料理が運ばれ、際限もなくグラスが空いた。いずれもとびきり上等で、もてなしも如才なかった。立場上の務めで年が年中、宴席に顔を出さなくてはならない女王陛下は、時として気分転換に、ステーキにポテト・フライ、あるいは、スパゲッティやマカロニを召し上がりたくおなりではなかろうかと、ふと思った。

饗宴はやがて終わろうとしていた。みんなよく食べた。スピーチはいずれも簡潔で、気が利いていた。あとは家に帰るだけと思ったが、私のためには一夕を失笑で締めくくる付録の場面が待ち受けていた。

お仕着せの下役人に場所を尋ねて、大理石も眩《まばゆ》い紳士用の手洗いに立った。人の気配はないようだったが、背の高い男が出ていくところだった。すれ違ったのは誰あろう、フィリップ殿下ではないか。男同士、こうした場合の常で軽く会釈を交わし、そのまま殿下は立ち去った。

席へ戻って、つい今しがたのことをぼんやりふり返っていると、最前の下役人が私を睨み据え、屈み込んで耳許へ口を寄せた。

「エクスキュゼ・モワ。メ、ラ・ポルト・エ・ウヴェルト／失礼ですが、前が開いています」言われてみればその通りで、私は社会の窓を閉じ忘れていた。以後、二度と招かれなかったのも不思議はない。

8

追憶と記憶の隔たり

記憶は選択を経て熟成する。退屈なこと、期待に添わなかったこと、許し難いことなどを除外して、後に残るのが理想を絵に描いたようなバラ色の記憶である。往々にして不正確ながら、心慰む思い出には違いない。再訪すれば郷愁に打たれる世界でもある。本当に、こんなふうだったろうか。これがあの頃の自分だろうか。

過去二十五年の間に、私たちはちょくちょく時間を遡り、今の現実と過ぎた昔をくらべてみたい誘惑に駆られた。たいていは、ほとんど何も変わっていないと知って安堵する。かつてその為人に惹かれて、なお矍鑠《かくしゃく》たる先達もよく見かける。今や生きた骨董品とでも称するしかないが、それでいて、以前よりもさらに年輪がものをいう人々かもしれない。

もちろん、いいことばかりとは限らず、昔と今とでは世の中が大きく変わっている。村のカフェは目に見えて変化の影響を被った。村人の暮らしの中心をなすところから、カフェはビールやワインやコーヒーよりも儲けの大きな商品の販売拠点と見做されることしばしばだった。そこへブティック熱が押し寄せ、きらびやかな婦人服やアクセサリーを扱う高級専門店が沿道のカフェテリアや、薄暗いバーに取って代わった。

新しい風潮に乗ることに急なあまり、店を全面改装して、かえって思わしくない結果となる例もある。テラスそのものはもとに戻るかもしれないが、色褪せた籐椅子や、銅や真鍮で縁取りをした丸テーブルなど、四半世紀にわたって役目を果たしてきた家具調度は、あらかたプラスチック製に置き代わる。そのけばけばしい色合いは、日に晒され、雨風に打たれた石の村の空気にそぐわない。店の中がまた、これでもかとばかりプラスチックだらけで、わずかに往時を偲ぶよすがといえば、傷みの来た大きなトタン張りのカウンターくらいのものだ。

同様に、土地のレストランも模様替を競っているが、結果は功罪相半ばといったところか。以前、私たちが贔屓にしていた店は、十八世紀のささやかな民家の庭にある、こざっぱりとして快適なところだった。紙のテーブル掛けが売り物で、ウェイターはその片隅に客の注文を走り書きした。メニューは日替わりで、品数は少なかったが、料理は材料が新鮮で、あっさりとした味が絶品だった。絵葉書ほどのワインリストに名を連ねるブドウ栽培者はいずれもシェフと心安い間柄だ。こういうことは、長くは続かない。

生きる苦労は並大抵ではなかったが、その甲斐あって、シェフと連れ合いはゆとりのある余生を送る身分となり、レストランは人手に渡した。何ともったいないことをするではないか。

店を買い取った次の所有者は、早速、新規開店の準備にとりかかった。職人の大集団が乗り込んで、軋りはするが座り心地のいい椅子や、傾いたテーブルなど、手垢のついた家具調度を運び出し、「全面改装中」の札を掲げた。私たちは気落ちしたが、何につけても期待をかける性分から様子を見に出向いた。

ざっと覗けば、すでに大枚の金がかかっていることは一目瞭然だ。敷石のひびわれた床は磨き上げたタイルに変わり、テーブル掛けは真っ白な厚地で、ナイフやフォークはものものしく銀の輝きを発している。メニューの品数も増え、ワインリストは荘重というに相応しい。だが、何にもまして目につく変化は給仕頭だった。室内履きにエプロン姿の女将はいなくなり、代わって腰の低い中年男が店を取り仕切っている。糊の利いた純白のワイシャツに、黒のズボン、黒の胴着、黒のボウタイと、黒尽くめの小作りな男だ。年若い助手はブロンドの髪をシニヨンに結って、同じく黒のドレスを隙もなく着こなし、にこやかな笑顔でつき従っている。

椅子は見場よく、心地よく、料理は上等だった。私たちの好みからすると、ちょっと凝りすぎだけれどもだ。同業の多くの例に漏れず、この店のシェフは泡を珍重した。手の込んだ料理と見せかけて客に泡を食わせる寸法である。コースの一品に、ただ泡だけの皿が出てきたりする。調理場から運ばれる途中、迷子になったデザートとでもいった趣だ。あれこれ考え合わせれば、ここはプロヴァンスよりもパリ向きの店というに尽きる。事実パリへ鞍替えしたと想像する。見るからに神経質なウェイターで一シーズン商売をした後、また新しいブティックに乗っ取られた。

もっとも、こうした軽度の幻滅は、何よりも歓迎すべき変化によって豊かに埋め合わされる。すなわち、土地のワインである。

私たちが移り住んだ当初、プロヴァンスのワイン、とりわけ鑑定家を名乗る観光客の間で人気の高いロゼは、お世辞にも評判がよくなかった。自称鑑定家はとくと思案の末に、思い上がった薄笑いを浮かべていう。「プロヴァンス・ワイン？　寝かしもせずに瓶詰めにして、右から左へ飲み干して、空けるそばから排泄するだけのものさね」今時、こんなことを言えば、たちまちワイン通の名望は地に墜ちて、栓抜きは没収だ。

プロヴァンスのワインは二千六百年の歴史がある。その間、時には百年余りにわたって評価は低迷した。今では各地の品評会で軒並みに賞を獲り、世界中で一家言あるワイン党から重きを置かれている。赤ワインは言うにいわれずこくがあり、白はあっさりと切れがいい。だが、貴賤上下の隔てなく、圧倒的な人気をさらったのはプロヴァンスのロゼで、それにはそれなりのわけがある。

何よりもまず、見た目がいい。思わせぶりに透き通ってはいず、無造作に顔料を溶いた朱色とも違う。時たまこの色相を「ブラッシュ」と呼ぶ向きもあるが、これには面食らう。英語でブラッシュといえば、何のことはない、ずばり「バラ色」ではないか。ロゼは紛いものとされ、ピクニック向けの飲み物、昼の食事の口直しに一杯引っかけて眠りを誘う睡眠導入剤くらいに思われている時代があった。

飲み口は癖がなく、ほんのりとした風味は捨て難い。それに、相手を選ばない。魚や鶏ともよく合うし、サラダやスパゲッティと一緒でもいい。何であれ、次の料理の旨みを殺さない慎ましさがロゼの身上で、それゆえにこそ、究極の食前酒の名に恥じない。飲み頃になるまで何年も酒蔵で熟成させる必要のないロゼは、手っ取り早く重宝で、幅も広い。冷蔵庫やアイスバケットで冷やすのが普通だが、プロヴァンスではアイスバケットを素通りして銘々のグラスに注がれることも珍しくない。早い話、気取りのないワインなのだ。ならば、どうして今のようになったのだろうか。

これはもっぱら、プロヴァンスのブドウ農家の功績に帰せらるべきことと信ずる。数エーカーの零細なブドウ畑で先祖代々そのまま、職人気質に徹して特上の赤ワインを作ってきた栽培業者たちだ。私たちはブドウ畑に囲まれた家で暮らしたが、その世話を引き受けている昔馴染みのフォースタンは毎年、トラクターで自家製の赤ワインを何ケースか届けてくれた。年代物のボルドー・クラレットとはわけが違ったが、私たちは大いにこれを楽しんだ。

ある時、前々から気になっていたことを尋ねてみた。ロゼを作る考えはないか。

フォースタンはよれよれの帽子を取って頭をかき、トラクターの後輪に凭れて言った。「ロゼは海岸地方の飲み物だ。本筋じゃあない。この辺では、あまり飲まない」たったそれだけだった。これという銘柄を勧めるでもなく、どこへ行けば地元のロゼが手に入るか教えてもくれなかったが、代わりに自分で醸したブランデー、マール・ド・プロヴァンスを一甕、進呈してくれた。これを飲むと胸毛が濃くなるという折紙つきだった。

翌年の夏になって、ようよう私たちのワイン探究は目に見えて進展した。リヴィエラで何日か過ごした友人二人に、ロンドンへ帰る長途のドライヴを前に一晩、泊まっていくように誘ったのがきっかけだった。

「夜の食事に、ちょっと気の利いたものをと思ってね」二人は私たちが兼ねてから憧れていた、見た目のいい酒瓶半ダースを差し出した。古代ギリシア・ローマの両取っ手つきの壺、アンフォラを思わせる雅やかな形で、中身は微妙な色合いのロゼがたっぷりだ。

バンドールはオット・ブドウ園の特産と聞かされたが、私たちが飲み慣れているありきたりのロゼとは格が違って、絶妙な喉越しだった。友人たちの言う通り、本当のワインとはこれだろう。

あれから二十年以上が経つ。その後、オット・ワインは海岸地方から内陸に広まった。今ではプロヴァンスの十数カ所に第一級のロゼを作るブドウ園がある。フランスのレストランはワインリストでロゼを別枠に扱っている。プロヴァンスに限ったことではない。アメリカ、コルシカ、オーストラリア、イタリア、スペイン、さらにはイギリスまで、どこへ行ってもその地固有のロゼがある。私は何年か前に人から贈られた中国産のロゼ、〈万里の長城〉を今も愛飲している。世界中がピンクに染まったかのようだが、これは飲み食いの席では堅苦しい話は抜きにという人々の願望が増しつつあることのささやかな現れではなかろうか。

9 今日はいい天気

人生で確かなことの一つで、運よく気候に恵まれて景色のいいところで暮らしていれば、来客は跡を絶たない。こっちから招くこともあれば、前触れもなく押しかけてくる飛び入りもいる。大らかで、会って楽しい客がいて、あたりの風物に目を輝かせる感激家がいる。ものの値段が高いことに驚き呆れて喚き散らす例もある。好奇心旺盛な知性派がいて、プールサイドで読書に耽るひっそり型がいる。地元住民に惚れ惚れする一方で、英語が通じない苛立ちは隠せない。陽が照ると見れば着ているものをかなぐり捨てて肌を灼く元気者がいると思えば、日陰に踞《かが》まって暑熱を避ける後ろ向きも見受けられる。プロヴァンスの方言、オック語の一風変わった表現を面白がる向きがある反面、まさにその一風変わった表現を毛嫌いする気むずかし屋もいる。長い間に、私たちはそんなすべてを目のあたりにした。

年が明けて間もなく、イギリスのどんよりした天気と、クリスマスのどんちゃん騒ぎの余波《なごり》がまぜこぜになって来客シーズンの訪れが近いことを告げると、真澄の空と春陽を思って血が騒ぎ、じっとしてはいられない。電話が鳴る。

「どうしているかと思ってね。何とか、冬は持ちこたえるだろうけれど。いやあ、こっちはひどい」窓から見れば、空は常と変わらず澄みわたっている。

社交辞令はそれまでで、相手は電話の用向きを切り出す。「この夏はどうするね。七月は、何か予定があるのかな」

予定などありはしない。今にはじまったことではない。こう暑くては、何をする気にもならないではないか。のろのろと緩慢に立ちふるまうだけでもやっとのことだ。熟れきった旬のメロンで朝を済ませ、夜は夕影の涼しい屋外でゆっくり食事を楽しんで、どこへ出かけることもない。と、まあそんなことを電話で言う。

「ほう、結構。実は、七月に二週間ほど海岸地方を旅するのでね。ちょっと挨拶に寄るよ」

経験に学んで、「ちょっと寄る」というのが極めて幅のある表現であることは知れている。一杯飲んで食事を共にするだけから、滞在何日もの長丁場まで、いざとなってみないことにはわからない。それに、当時、私たちは長居の客の流儀について、まるで何も知らなかった。電話の主は、親友とまでは言わないものの、何年か越しの付き合いだ。

予定が決まったら連絡すると言って、相手は電話を切った。

月日が過ぎて、一月の電話は記憶から消え去った。と、そこへまた電話が鳴った。

「やあ、これからリヨンを発つところだ。道が混んでいなければ、昼時にはそっちへ着くよ。いいかな」

さんざん迷惑を被りながら、どこまでも心優しいジェニーの都合を尋ねた。ジェニーは黙ってうなずいた。来客については私のおよびもつかぬほど広い度量で達観しているジェニーは、これを夏の暑さと同じ、季節の彩りと思っている。私は愚かにも、蚊についても同じことが言えると混ぜ返したことがある。ジェニーはにこりともしなかった。

一時を少し回って、客たちがやってくる。来る早々、常軌を逸したフランス人と競り合って高速道路を走る恐怖で持ちきりだ。夜明け方、海峡横断フェリーを降りてから、ずっと走り通しで、暑さに参っている上に喉が渇いている。尋常一様の渇きではない。留守宅に電話したくて気が急いている。まだ携帯電話のなかった遠い昔の話だ。電話を終えて、一泳ぎして、ロゼの口を切り、四時半近くにようよう昼の食事になる。

コーヒーを飲みながら、予定を尋ねる。客たちは、海岸地方を歩いて面白いところを見たいという。咄嗟の思いつきで行動する無計画の放浪者を名乗っている。

その先は容易に想像がつくだろう。七月は咄嗟の思いつきで旅をする時期ではないことを言って聞かせる。海沿いのホテルはどこも何ヶ月も前から予約で一杯だ。相手は目を丸くする。時計はすでに五時半を過ぎている。よんどころなく、一夜の宿を引き受けることになる。一夜のはずが、幾晩にもなりかねない。これは極端な例と思われるかもしれないが、現に何度もそんなことがあって、私たちは不意の客にいささか警戒を懐《いだ》くまでになった。もっとも、公平を期するなら、たいていは楽しい記憶を置き土産に残してくれたことを言っておかなくてはならない。

これとは正反対に、何もかも、万端、準備を怠らない周到派がいる。あらかじめ調べるだけ調べて、早々と電話を寄越し、こと細かに質問する。行く先々の陽気、催し物、着るものの注意、胃もたれの薬は容易に手に入るかどうかなど、事前調査に余念がない。行き届いた気遣いで、イギリスからの土産には何をと、こっちの注文を訊いてくれる知人もいる。そうとなれば、紅茶、甘さを控えたビスケット、ポーク・ソーセージ、シングルモルトのスコッチ・ウィスキー、ハロッズのピクニック用バスケットなど、あれやこれやで切りがない。希望を問われて私たちは、長年プロヴァンスで暮らすうちにすっかり趣味が変わったことを思い知った。ハロッズのバスケットなど、当地では八月の雪と同じで目にすることもない。

段取りのいい客は、電話で予告した時間の数分前に間違いなく到着する。この時間を守る神経が滞在中の行動の基調を定める。行楽の予定は最後の日まで決まっていて、まずそれを話す。アルルへ行って、何やかや目を瞠るものを見たい。全長百フィートのローマの船。二千年の間、ローヌの河底に眠っていたのを引き揚げて、見事に復元した船だ。大理石を彫ったシーザーの胸像。水底で二千年を過ごしたにしては、意外や、禿げてもいず皺が寄ってもいない。観衆二万を収容する壮大な円形競技場。紀元九十年に、戦車競技と剣闘技のために建設されたもので、現在は闘牛とコンサートに使われている。客人の希望を並べていったら切りがない。

アルルの次はカヴァイヨンだ。メロン祭りがあって、宴会がある。市街地で催されるカマルグ競馬がある。もちろん、街角のメロン品評会は見逃せない。メロンの味見が済めば、リュベロンまで車で一走りして、ルールマラン音楽祭に時を移すことになる。十五世紀の城跡を会場に、夏中、クラシック、オペラ、ジャズが響き渡る。

これだけでも、かなり草臥《くたび》れるが、プロヴァンスの見所となればまだまだ序の口だ。あちこちで食祭りがあり、ワイン・フェスティヴァルがあって、週ごとに市が立つ。古美術商が軒を連ねる一郭を抜けた先がイル・スュル・ラ・ソルグのノミの市で、レストランはどこにするか迷うほど数多い。私の友人たちが予定の半分をこなしたなら、しばらくは休息が必要だろう。友人たちは朝早くに家を出て、夕方、戻れば一日の見聞を矢継ぎ早に報告する。いろいろな意味で、願ってもない泊まり客だ。何はともあれ、プロヴァンスが大好きで、存分に休暇を楽しんでいる。毎日の発見を語ることで、私たちにそのおこぼれを分けてくれる。また来てくれるのが待ち遠しい。

誰もがプロヴァンス体験を素晴らしく思うように言うのは間違いだろう。以下に述べるように、友人たちの不平不満や批判精神には、なるほどとうなずける点もある。

1. 暑い、暑い。
2. コオロギはいつもああやって、夜通しうるさく鳴くのか。それとも、あれはカエルの夜泣きか？
3. 誰か、マーマレードにニンニクを入れたな。
4. 朝っぱらから、グビグビ飲むのが理解できない。この土地の住人は、ビールが朝食か？
5. 何だってみんな、ああ早口なんだ？
6. ミルクの味がおかしい。
7. 狩猟家はどうして日曜の朝早くに銃を撃たなくてはならないんだ？
8. 歩道に車を駐めるって法があるか？

9. レストランに犬！　不衛生ではないか。
10. 暑い、暑い。

これだけ文句を言いながら、いくらでも苦難に堪えるじっと我慢の大食漢は来年もまた来る気でいる。

普通なら、盛りの時期に一度この地を訪れれば、もっと快適な日取りを選ぶ手もあると思い直すだろうではないか。暑さとは別に、七、八月は長年の過剰な人気に毒されている。この時期はフランス人が一斉に休暇を取り、大挙して南へ移動する。パリか、北寄りの近郊を出発点に、車にぎゅう詰めになって高速道路を南下するが、渋滞は何マイルも続き、運転者はいらいらの遣り場もない。多少とも道が空くことは稀である。ようよう目的地に着く頃には疲れきって不機嫌の頂点で、ただただ安息を庶幾《こいねが》う。が、なかなかそうはいかない。一年の十ヶ月は眠ったように静かな村が、がらりと変わっているからだ。道路は混雑を極め、人々はカフェの席を奪い合う。レストランはどこも昼時の繁忙を捌《さば》くのに精一杯だ。村の猫たちは踏み潰されることを嫌って路上に駐まっている車の下に避難する。

二本脚の村人にしてみれば、夏の混雑はそれで被る苦労に見合うだけの償いが約束されている。カフェ、レストラン、ブティックはこの二ヶ月で一年分の稼ぎがある。地主は地代を上げる。薬屋は日焼けと、食べ過ぎ飲み過ぎで崩した体調をととのえようという客が延々長蛇の列をなす。土地の絵描きはこの二週間で、手持ちの作品すべてを売り尽くす。目をやるところ、どこもかしこも商売真っ盛りだ。

そうするうちにも夏は果てる。一夜にして、と言ってもいいようなありさまで何もかもが正常に戻る。旅行者は姿を消し、村はほっと溜息を吐いて、眠ったような静寂が蘇る。村人らは自撮りの素人写真家に突き飛ばされる虞なしに道端で立ち話に耽ることができる。

私たちにとって、九月は一年で最良の季節だ。気温は涼しく過ごし易く、それでいて、まだ泳げるし、陽が落ちて、戸外で食事をする分には差し支えない。カフェテラスや、行きつけのレストランはいつも席が空いている。夏中、忙しかった母なる大地は豊かな実りに満ちあふれる。市場には朝取りの果物、野菜が出まわって、ブドウ畑は期待を孕んだ作業の山場を迎える。何日かはきっと慈雨に恵まれ、埃は鎮まって、岡辺は緑に洗われる。心なしか、春が再び訪れたかのようでなくもない。

われわれ、なんと幸せなことだろう。

10

真夏の夜の幸

土地の生産者が産物を売る青物市は、週のほとんどを通じて、さほど変わったこともない。もともとはトラックやトラクターを駐めるだだっ広い場所で、プロヴァンスの田園地帯によくある軽工業向きの、L字型の石造建築に囲われている。実用本位で飾り気のない建物が並び、最近までは人だかりもさしたることはなかった。それが、未来志向の市長と、先端技術に目がない新しがり屋が勢いを増して、今や人呼んで「ラ・フリュイティティエール・ニュメリック／青果指数」という情報技術センターと化した。

五月から十月まで、毎週火曜の晩、科学技術はいつもと違う夜市の趣で美食道に場所を譲る。市はリュベロンでも最も垢抜けて人気のあるルールマランの中心街から通り一つ隔てたところと条件に恵まれて盛んに賑わっている。観光客も地元の衆も、照りつけられて辛い一日を過ごし、物陰に暑さを避けてワインたっぷりに喉を潤して、新鮮な土地の青物を堪能する。本職の料理人ならではの珍味はどれから手をつけていいか迷うほどだ。

これは地元のシェフが順繰りに腕をふるう。ルールマランの市長が折々司会を買って出て、芝居の舞台さながら、主役の料理人と取って置きの出し物を紹介する。キッチンの演者は九人いて、それぞれ店を他所に得意の芸を見せる。ある週は地元で採れるチェリートマトやオリーヴを使った特上のパスタなら、次の週はこれに勝るものとてないイチゴのデザートだったりする。メニューは品数が多く、変化に富んで、味わいを極め、それでいながら気取りがない。観衆に当たる客たちは木製のベンチで恍惚の境である。

シェフの登場を前に市場は活況を呈する。夏の盛りには砕けたファッション・ショーの舞台となって、日焼けした素肌が客の目を楽しませる。週を追うごとに、女性のドレスは短くなり、薄ものは透け透けになる。帽子の氾濫は婦人帽の専門業者が随喜の涙を流すほどだ。つい先日、パナマ帽の波の中に年代物のトリルビー・ハットや、ターバンを見かけた。オーストラリア陸軍の制帽らしきものをかぶって、鍔をピンで留めているのもいた。

男性の服装は時と場合でいろいろに変わる。片方には年老いたヒッピーがちらほらいて、艶が失せて薄くなった髪をポニーテールに結って、銀のブレスレットに入れ墨という形《なり》で町中を闊歩している。最近とみにこの手の老頭児《ロートル》が数を増した。またその片方に紳士の警戒を解いたパリ人がいる。スーツをプレスの利いた半ズボンとポロシャツに替え、靴はスエードのモカシンだが、頭のてっぺんから足の爪先まで、一分の隙もない。雑踏に揉まれつつ、いとも気楽にふるまって、間違っても人を押したり突いたりはしない。この節度がほのぼのと心地よい空気を醸す。これほど行儀のいい大衆は珍しい。しかも、人はみな存分に楽しんでいるではないか。

街の市場に早めに、そう、六時前後に出かければ、場所を選ぶだけではなしに、空気を盛り上げる手伝いができる。市場には、大小のブリキのテーブルと、数知れぬ折り畳み椅子が屋台店から間合いを取って配置されているが、それで足りた例しがない。椅子よりも人間の方がはるかにたくさん押し寄せているためだ。要領のいい夫婦なら、これが役割分担を促す。夫が席を取って椅子を二つ確保し、ワインの罎とグラスを見張る間に妻が近間の屋台で何やかやと買い漁り、時々立ち戻っては一口飲んで、収穫の山をぶちまけると、またもや崇高な務めに引き返す。

あまりにもいろいろあって目移りするほどだが、ここに、人がめったに意識しないことが二つある。まず第一は、収縮包装――シュリンク・ラップ、発泡ビニールによる梱包――バブル・ラップ、あるいは、スーパーマーケットのポリ袋などに類する体裁はいっさい見当たらない。生産者は消費者が口にするものを飾らず、自然のままで届けたい。

ふっくらと白いアスパラガスであれ、香りのいいモモであれ、フダンソウの花束にしても、自分たちが丹精した作物には誇りがある。販売期限は取り入れてから間もないその日の夕方だ。

もう一つ、なくて有り難いのはあの危険な移送手段、スーパーマーケットの手押し車だ。カートがないせいで、スマートフォンに夢中で前を見もしない不注意な相手に突き当たられたり、轢《ひ》かれて足をつぶされたりという憂いもない。唯一、これまでに見た補助手段はドイツ人の中年紳士が乗っていた大型の自動式ローラースケートと思しき装置だ。前後に車輪のついた矩形の台座があって、利用者はその上に立ち、腰のあたりのハンドルで操舵する。動力は音のしない小さなエンジンによっている。件《くだん》のドイツ人はこの優れた機械仕掛けを操って滑るように人混みを縫い、ここかしこの屋台で買いものをして、膨らんだショッピングバッグをハンドルにぶら下げて席に戻ったが、仮にも事故はなかった。

歩行者にとってこの屋台市場の散策は、時に三十分を超す行楽だ。ソーセージが好きならいろいろ買って、囓りながら歩くのもいい。チーズにしても、堅いのや柔らかいのがある。キッシュも大小、選り取り見取りだ。自家製の珍味は週ごとに、手を易《か》え品を易えて屋台を賑わせる。ジャムがあって、オリーヴ油がある。作り手が自慢する果物、野菜、ハーブは山をなし、どれもみな獲れたてで、濃紫のナスなどは磨き上げたような光沢を放っている。防腐剤、人工着色料、添加物はいっさい使われていない。自然は何もかも手つかずのままである。

お祭しの通り、ニンニク攻めは喉が渇く。が、そこはよくしたもので、市場を取り仕切っている世話役たちは抜かりがない。バーへ行けば、質素な小店だろうとも、あらゆる種類のワインが並んでいる。グラス一杯の注文にも応じるし、脱水症状の進んでいる上戸には壜で売ってくれる。そんなある店で、フランスでしかあり得ない光景を目にした。年の頃九つくらいだろうか、バーのカウンターから頭が出ない小柄な少女がおとなしく順番を待っていた。いやいや、畏れ入るばかり自信たっぷり、少女はマスカットを二杯注文して十ユーロ紙幣をカウンターに出した。バーテンは黙ってワインを注いだ。少女は背丈こそ低いが、行きずりの客と思ったか、誰の注文か尋ねようともしなかった。こうした無頓着な対応は、イギリスのパブや、アメリカのバーでは考えられない。どこであれ、未成年者がアルコールに近づくなどもってのほかの料簡違いではないか。バーテンは、もちろん、少女が躾けのいい利口な子で、ワインを両親のところへ運ぶであろうことを知っていた。

夕方の七時半頃から、市場は繁盛しているセルフサービスのカフェのようになる。

人々は買いものを終えて、あらためて飲み食いに欲を燃やす。ワインにチーズの薄切り、ソーセージ、それに今しがた屋台で買ったものと、何でも構わずだ。みんな浮き浮きしている。昼の暑さは去って、ひんやりとした夕暮れの空気が心地よく、誰もその場を去ろうとしない。それ以上に、今この時を楽しむほかに何の目当てもありはしない。最後の一人が引き揚げるのは九時半ということも珍しくない。中には買ったものを残らず平らげる食いしん坊もいる。いいではないか。明日は明日の風が吹く。

よんどころない務めとは違って、ただただ楽しい一夕だった。食料の買い出しに、これほど愉快な一時がほかにあるかどうか、ちょっと思い浮かばない。さんざん迷って選んだものを口へ運ぶとなれば、缶切りに用はない。

11 昼休み

この土地に暮らしてじきにわかったことで、プロヴァンスでは昼の食事がことさら重んじられている。商店はどこも、正午から二時まで休みを取る。仕事の約束は、食事を囲んでの会談は別として、胃袋に捧げる神聖な二時間とかち合うようなら、まずたいていはそこを避ける。道路は目立って混雑が緩和し、労働者が飲み食いに元気恢復を図る間、カフェは満員の盛況だ。進んだ習俗ではないか。

加えて、週末の昼食は常にも況《ま》して大切とされ、とりわけ日曜は、週日なら二時間の昼休みが三時間を超すこともざらである。日曜日はまた一族の二世代、三世代が集まる機会でもあって、幼い子供たちの行儀のいいふるまいには賛嘆を禁じ得ない。ワインを飲むわけでもない子供たちにとって、三時間じっとしているのは辛いことだろうが、いやいや、どうして立派なもので、本を読むか、新奇な電子機器にうっとり見とれるかで、めっぽうおとなしい。

以下にざっと述べるところからも察しがつくだろうように、私たちはレストランの多くが値上げを正当化するために取り入れるこれ見よがしの凝った仕掛けが苦手で、何ごともあっさりしているのを好む。その種の見せかけの一つがウェイターの白い手袋だが、もう一つ、慇懃無礼も目くらましの技巧である。ウェイターが客を前に、注文の品についていかにも恭しげな口ぶりで講釈を垂れるあの呼吸だ。ウェイターはきっと小指を立てて皿の料理を指し示す。一度、友人がもてなしてくれたパリのレストランで、四人のウェイターが儀式さながらに蓋物を運んできた。それをテーブルに置くと、四人はここが見せ場とばかり、仰々しい構えで一斉に蓋を取った。悲しいかな、どこかで連絡が食い違ったと見えて、皿の料理はこっちが頼んだ覚えのないものばかりだった。私たち夫婦は早々にその店を出た。

贔屓にしている行きつけの店では、どこであれ、このような粗忽はあり得ない。長年、通いつめているが、白手袋の給仕ではなく、馴染みの店員が寛いだ気色で、工夫を凝らした料理をもてなしてくれるところがいい。ほかに何を求めることがあろう。

ラ・クロズリー、アンスイ

ミシュラン・ガイドで星一つ評価が上がっても、何ら変わりがなかったことから、ますますこの店が好きになった。内装を変えるでもなく、値上げもせず、メニューにほんのお飾りの品が加わることもなかった。すべて前のままで、新鮮でバランスの取れた料理はいつも美味い。

料理とサービスは一年を通じて最高だが、シェフのオリヴィエは二シーズン、自然に主役を任す。まずはアスパラガスの走りが出はじめる春で、パルメザンチーズをまぶしたり、ニンニクと炙ったり、バターとバルサミコ酢で和えるのもよし、昔ながらのヴィネグレット・ソースを使う手もあって、工夫次第でアスパラガスは多彩な変化を楽しめる。陽当たりのいいレストランのテラスで食べる醍醐味は堪えられない。

次いで自然の恵みは、秋も深まる十一月から翌年の二月はじめにかけて出盛る黒トリュフだ。この時期、犬を連れて、地べたにしゃがんでトリュフを探す人の姿を近くの森でよく見かける。みな申し合わせたように、散歩がてらの道草を装っている。一度、そうやってトリュフ狩りにのめり込んでいる中年紳士に、収穫はあったか尋ねる誤りを犯した。男はたちまち憤慨に眉を逆立てた。「トリュフを？　私が？　とんでもない」犬までが、精いっぱい、何のかかわりもないふりをした。さもあろう。トリュフは数ある中で最も高価な菌類で、私のような素人にどこで見つかるか話したところではじまらない。幸いトリュフが手に入ったら、千切りにしてオムレツに焼き込んで、好運のしるしを堪能すればいい。

ペロン、マルセイユ

マルセイユには千八百三十七軒のレストランがあるが、景色でここに優る店はない。見渡す限り紺碧の地中海とフリウール四島の眺望は、これを絶景といわずして、何と形容したらよかろうか。中でもよく知られているのはシャトー・ディフで、モンテ・クリスト伯ことエドモン・ダンテスが投獄されて長い苦難の後、死者に扮して脱獄するあの島だ。詳しくは、アレクサンドル・デュマ・ペールの『巌窟王』を繙読《はんどく》するまでとしておこう。

メニューよりも景色が有名かもしれないが、どっこい、料理も負けていない。ペロンは魚料理で売ってはいるものの、肉食人種はいつなりとヒレステーキにありつける。とはいえ、その日の逸品を見逃すのはいかにも惜しい。クルマエビや、イセエビや、詰めものをしたイカにはじまって、頬が落ちるほどの近海の幸は尽きない。中でも、これこそマルセイユの味覚というべきは、ペロン自慢の一品、由緒あるブイヤベースだ。

これはたぶん、唯一、メニューに注意書きを要する厄介ものだろう。問題は身支度で、洗濯の利くものを着てテーブルに向かわなくてはならない。ブイヤベースはおとなしく、行儀よく食べようにも、なかなかそうはいかないからだ。スープと魚のシチューを一緒くたにしたような煮込み料理で、味は文句なしだが、なにしろ食べるだけでも一苦労だ。まっさらなワイシャツの胸がニンニクの汁で染みだらけになる。物馴れた客はあらかじめ店に頼んで大きなナプキンを二枚用意する。

すべては数百年前、マルセイユの漁師たちからはじまった。終日波の上で暮らす漁師たちは、腹を空かして陸へ戻る。獲ってきた高級魚は市場へ出して、自分たちはレストランが見向きもしない岩礁魚や甲殻類など、身よりも骨の多い魚介類を食べるしかない。大釜で煮て、ニンニク、ウイキョウで味付けをする。十七世紀にアメリカから、当時マルセイユでは知られていなかったトマトが入ってきた。

ブイヤベースは徐々にだが、着実にレストランに、そして一般家庭に広まり、その過程でさまざまな改良が加わった。オリーヴ油、サフラン、タイム、ベイリーフといった香辛料を使い、魚も種類が増えて、これをスープにルイーユを厚く塗ったパンと一緒に食べる習慣が定着した。ルイーユは、オリーヴ油と卵黄、サフラン、潰したニンニクで作るマヨネーズ和えだ。

これを基本に、幾多の新機軸が登場しているが、どれもみな上等な味わいで、跳ねが散る。替えのシャツを忘れてはいけない。

ル・コントワール、ルールマラン

プロヴァンスで時に出くわす愉快な変わり種、シェフのいるカフェの一軒だ。朝食に来た客が、村が目覚めるありさまを眺めているうちに時間が過ぎて、そのまま昼まで居続けることがあるのはよく知られている。メニューは品数こそ多くないが、独特の発想で変化に富んでいる。オープンサンドにはじまって、次第に手の込んだものになり、やがてはシェフのその日のお薦めにまで上り詰める。定番は少しずつ素材を変えた作りたてのパスタである。

パスタも結構だが、私の好物はブレザオラで、店のもてなし方もいい。ブレザオラは脂気のない牛のモモ肉に塩をふって、固くなるまで二、三ヶ月陰干ししたもので、向こうが透けて見えるほどの薄切りで出てくる。その後のあしらいが、この一品をル・コントワールの名物たらしめている。薄く切った牛肉を皿いっぱいに敷きつめ、少量のオリーヴ油を垂らした上からパルメザンチーズをふんだんにふりかけて、炙ったポテトの細切れを皿の縁に沿って並べる。これに高級な赤ワインを注ぐのだが、ブレザオラを口にして味蕾が活性化する途端に、客は感極まって言葉を失う。かく言う私も、これほど美味いビーフを食べたことがない。

食事はまだまだこれからだ。コルシカふうのチーズケーキ、フィアドーネのために胃袋を空けておかなくてはならない。味の主役はコルシカ特産のチーズ、ブロッチュで、これにミルクと卵と新鮮なレモンの皮をつけ合わせ、ブランデーを垂らして食べるのだが、この味を知ったら、夜はコルシカでと、飛行機に飛び乗りたくなる。

ル・ニュメロ9、ルールマラン

常連の間では、ただ「ヌフ／9」とだけ呼ばれている、最近、流行りだした店で、こぢんまりと居心地がよく、品数は多くないが、一風変わったメニューを売りものにしている。私が店の持ち主なら、シェフは鍵をかって部屋に閉じ込めておくだろう。そのくらい、腕がいい。

「ヌフ」はにこやかな若い娘二人が切り盛りしている。何があろうと少しも慌てず、隅々まで気を遣って客をもてなすこの上ない親切心の持ち主だ。ちょっと尋ねたいことがあったり、ワインを別の銘柄に変えたかったり、知恵を働かせて、あらかじめデザートを注文したりとなれば、リーサかパトリシアがきっとそこにいる。二人とも、後ろに目があるのではないかと思う。

料理については、最後に行った時のメニューを勧めるほかはない。

食事はブイヤベースからはじまったが、ペロンのように旧式で大袈裟ではなく、あの絶妙な味わいをそっくりそのまま飾り気なく仕立てたようなメニューで、料理と格闘するにはいたらず、スープのスプーンで楽に食べられて、食後シャワーを浴びることなど思ってもみなかった。

主菜はウズラのキャベツ巻きに新鮮なフォアグラの薄切りを添えたものと、ズッキーニを敷いた上にツナ・ステーキを置いて、聞いたこともない不思議なソースをかけた一品のどちらを選ぶかだった。これは「コンディマン・ア・ラ・グルノブロワーズ」と称して、黒バターと、風鳥木の蕾の酢漬け、ケイパーと、パンを焼いて小さな角切りにしたクルトン、パセリ、レモンで作る霊感の香味だという。思っただけで涎が出る。

いや、まだ先がある。ワインを切り上げるために、チーズの専門店に立ち寄った。土地の習わしに従って、食事は楽しく締めくくりたい。「タルト・フィーヌ・オ・ポム」は無上を極めたリンゴのタルトで、こんがりと香ばしいパイ生地に、思うさま薄く削いだリンゴを嫋やかな巻き貝の殻のようにあしらい、バター、蜂蜜、ヴァニラ、それに、リンゴ酒を蒸留したカルヴァドスを刷毛塗りする。仕上がりは見た目よく、記念すべき食事の思い出を残す絶品だ。シェフ、万歳。

☆ ☆ ☆ ☆

プロヴァンスを旅する歓びの一つは、春にはじまって、夏、秋を通じて次から次へ跡切れなく催される食祭り、もしくはワイン・フェスティヴァルに際会することだ。いずれも砕けた賑わいの場で、世話人たちはただひたすら快楽を盛り上げることに意欲を燃やす。新鮮なイワシと、よく寝かせたチーズには目がないというだけの相手をもてなすにしてもだ。当然ながら、地元の業者は観光客を丸め込んでものを売りたがる。そこで編み出した販売促進の近道が、金を取らない試食と聞き酒で、市場の屋台を冷やかして、略式ながら料理三品の昼食が済むことも珍しくない。ここで火を通さないソーセージ、ソーシソンを一切れ、かしこでピザを一かけら、山羊のチーズを一口と、手当たり次第だ。リンゴ・タルトの甘い香りが鼻を掠めたりもする。喉が渇いていると見れば、栓抜きを構えて待ち受けているブドウ栽培者が気前よくワインをふるまってくれる。

村や街はどこもみな、いろいろな行事で料理やワインを祝福する。週ごとに立つ市にちらほら屋台が増えるだけにしてもだ。それはそれとして、根っからの祭り好きにはもっと大がかりで、趣向に富んだ祭典がある。そのいくつかに触れておこう。

米祭り、アルル

アルルの夏は、そっくりそのまま、長い祭りだ。コンサートがあって、闘牛がある。観兵式があって、仮装行列がある。古代ローマの様式を模した剣闘士の試合までが祭典に花を添える。そして、九月半ばの三日間は米の賛美に終始する。祝祭はローヌ河を船で上ってくる「米穀大使」の開会宣言にはじまり、以後、何やかやと米を出しにして、街は挙げて音楽と饗宴にうつつを抜かす。

青オリーヴ祭り、ムリエス

サンレミにほど近いムリエスの村では、まだ熟しきっていない青オリーヴが年に一度の栄光に輝く。祭りは九月第二週の週末で、誰が最も手早くオリーヴの実を潰すか、腕を競う場面を見せるのは、恐らく世界でもここだけだろう。それだけではない。目先を変えて、コカルドを見るのもいい。バラの花に似せたリボンを雄牛の角に結びつけ、これを白衣に身を固めた勇敢な青年、コカルディエたちが角で突かれないように跳び交いながらひったくる軽業で、一握りの潰したオリーヴで牛の気を散らす手捌きが見せ所である。

トリュフ祭り、オプス

毎年、一月の第四日曜には独特の贅沢な香りがオプスの村に満ちわたる。年に一度のトリュフ祭りを告げる芳香だ。普段は隠し立てをするトリュフ狩りの達人が、この日に限っては、ちらりとながら手の内を披露する。くんくん匂いを嗅いで地べたをほじくり、やっと発見にいたるまでの実演があり、そのために仕込まれたトリュフ犬が嗅覚を競う鼻くらべがある。当然、村はトリュフで市をなす。レストランはどこもメニューにトリュフを掲げる。愛好家にとっては天国の大盤振る舞いだ。

ほかにも、規模が違い、景観もさまざまな催しがあって、人一倍の祭り好きなら、年間を通じて何かかにか悦楽の種は尽きない。例えば……

マントン、二月／三月——色艶、これに優るものとてないレモン

ヴナスク、六月はじめ——サクランボ

カヴァイヨン、六月／七月——特上のメロン

ピオラン、八月末——ニンニク

ラストー、十一月はじめ——チョコレート、ワイン

いつでもどこでも、野立て広告やポスターに、ありとあらゆる色合いのワインが一酌を呼びかけている。

ここに選んだわずかな例からも、どこであれプロヴァンスにいる限り、腹を空かす憂いはないという俗信は確かだと知れる。

12 みんな読んでいる

よく売れる本を書いて予期せぬ効果は、途端に報道関係が作者の文学人生とは別の側面に関心を向けることである。私の場合、その関心は万般におよんでいた。朝食は何を？　淹れたての紅茶や、天気や、クリケットなど、馴れ馴染んだイギリス生活は恋しくないか？　今も親しくしているイギリス人はいるか？　などなど、読んだり書いたりの作家生活とはおよそ関係のないことばかりだ。一度、相手の取材記者に、何と思ってそんなことを持ち出すのか尋ねてみた。「読者は背景を知りたがりますから」記者は心得顔でうなずいた。

「ところで、お宅の犬たちですが、飼ってどのくらいになりますか？」

過去二十五年の間に、私は数え切れないほど何度も取材に応じた。たいていは、販売促進であちこちまわっている最中のことだった。テレビの対談にもよく狩り出された。対談番組というのは実に段取りよく仕組まれて、時宜を得た企画だと言える。たかだか

五、六分の放映であってもだ。それに、何とも素っ気ない。聞き手は質問をするだけして、カメラからはずれれば、もう気持は明後日に移っているからだ。そうして、プロデューサーと手真似でこそこそ合図を交わす。どうやら、昼の食事はどこにするかの相談と見える。対談番組に出演していながら、独白で場を繋いでいる気になることしばしばだ。

新聞、雑誌の取材となるとまるで話が違う。カメラの黒いレンズではなしに、生身の人間を相手にものを言うのは気分が変わって快い。取材記者は五月、六月に来はじめて、八月にその数は最高に達する。観光客と同じで、冬になれば消え失せる。中に二人、私は位取りに気を遣うほどの相手ではないが、常日頃、煙たいお歴々を向こうにまわして苦労しているから、息抜きになっていいと打ち明けた記者がいる。その片割れが、二杯目のロゼを傾けながら言った。「政治家が、じけじけ湿って薄暗い中で、のんべんだらりと議案を論ずる国会と、陽の当たるプロヴァンスへ何日かとなったら、どっちを取りますか？」驚くほどざっくばらんな物言いだったが、思うに当人は記者仲間一同を代弁したつもりだろう。

記者たちが所属する新聞、雑誌は明らかに、その場その場の質問を規制する。俗に大衆紙と呼ばれる各社は、有名人の醜聞、フットボール、ヌード女優、それに、ほんの埋め草で紙面を組む常だが、その手の紙誌からやってくる記者たちは申し合わせたように尋ねる。読者中に有名人はいるか。さもなければ、近隣に有名人は住んでいないかだ。一度、ダイアナ妃がサンレミ・ド・プロヴァンスに所有する土地、建物が話に出た。ダイアナ妃は別として、当時プロヴァンスに家がある名士はほとんどフランス人ばかりだった。それを言うと、記者たちは心なしか口を歪めた。関心が半減した証拠である。次の質問に答えて、私は地元のフットボール・チーム、オランピック・ド・マルセイユの試合を見たことがないと認めざるを得ず、取材記者は中身のある話が運ばない失望を隠せなかった。残る話題は私の最新作だが、記者たちはみな多忙で、誰も読んでいなかった。

次に料理記者が控えている。私が本に書いたレストランや、食べものあれこれを取材する狙いで、ナイフとフォークを携えてやってきた記者たちだ。共通の関心がある主題で話すのは気が楽だった。自然、対談は食事をしながらになり、話が弾んで愉快だった。シェフに挨拶すべく、調理場へ連行される場面もあったけれどもだ。

行く先々のレストランで、シェフや店の主がイギリス人記者を相手に、臨機応変、小器用にふるまうさまは傍目にも清々しい。私たちが行きつけにしていた店はどこもおよそ気取りがなく、ミシュラン・ガイドでもう一つ星を稼ごうと背伸びをしてもいない、極くありふれた田舎のレストランで、シェフたちは物書きがイギリスからはるばる味見に来たと知って気を好くし、鼻を高くしてもいた。今でも、私が行けば、イギリス人の常連が増えたことに対する感謝のしるしに、店の奢りで食後にブランデーの一杯も飲ませてくれることと思う。

めったにないことだったせいで記憶に残っているのは、ロンドン南部に接する富裕層の多い街、サリーの片隅に本拠を置く地方紙のスポーツ記者と付き合った体験だ。その記者が扱う世界は、ほとんどが中年の、懐が豊かな読者の好みを反映している。ゴルフはもちろん、テニスに、格式の高い球技とされているボウリングがその中心である。綺麗に刈りととのえてわずかな起伏一つない緑の芝生で、純白の衣装を纏った紳士淑女が試合をする。サッカーからこれほど大きく隔たった種目はまたとない。

ゴルフコースの取材で南仏を訪れていたそのスポーツ記者は、フランス式のボウリングと言えるブールがプロヴァンスでは人気が高いと聞き、特ダネを物す気で、リヴィエラを引き払ってやってきた。私は知っている限りを話した。この球技は、発祥の地プロヴァンスではペタンクと呼ぶ。南仏の方言オック語で、大地を踏みしめる、もしくは、根が生えたように立ちつくす意味である。私は乏しい知識を動員してルールを説明したが、記者は満足せず、実際の試合を見たがった。それで、その夜、ブールがあるはずの近くの村へ行くことになった。

本式のペタンク場となれば、付帯施設としてカフェなしでは済まされない。選手はそこで疲れを癒やし、見物人はゆっくり腰を落ち着けて観戦する。一九〇〇年代初頭からの習わしで、これによってペタンクはいよいよもてはやされるようになった。

サリーの記者は土地を平らに均《なら》すか、砕石を敷き詰めるかした矩形の競技場を見て信じられない顔をした。「ここで？　これで、どうやって球の動きを読むんです？」ほどなく試合がはじまって、私は質問に答えずに済んで助かった。記者はこの球技がサリーの平坦な芝生で行われるスポーツとはおよそ異なる技量を要することをたちどころに理解した。

試合が進むほどに、記者はいっそう夢中になった。選手たちの行儀よく品のいい投球動作や、緩やかに大きく弧を描く鉄球には感嘆を惜しまず、的球《コショネ》に巧く寄せた選手に食ってかかる苛烈な、それでいて急所を押さえた罵言には惚れ惚れする様子と見受けられた。その気になれば、学ぶことは山とある。

そこで、最後まで取って置きにしていた話を聞かせた。昔からの仕来りで、一三－〇でけりがつくと、敗者はバーの女の子の尻にキッスする決まりである。「へえ、それは。サリーでは、考えられないなぁ」

もう一つ、対談がイギリスの新聞、雑誌に載った反響で、読者から投書が寄せられるようになった。何百通という手紙を全部そっくり保存しているが、ほとんどは私の作品を楽しんだという好意的な文面である。が、中には妙に腹を立て、何がどうとはっきり指摘もせぬままに、私はプロヴァンスを駄目にしていると書いて寄越す読者もいる。何がどう駄目なのか、問い返したことがある。それに対して、多少とも意味のある回答はほんの一言だけだった。「ウィルトシャー中の手洗いという手洗いに、お宅の吐き気を催すような本がある」

これを笑い飛ばすのは簡単だ。しかし、笑って済む話ではなく、深刻に受け止めなくてはならないと思わせる非難もまたないではない。ところが、つまりはそれが呆れるほどの無知から出た批評だったりする。例えば、私が返事を出した評者の一人は過去五年にたった二度しかプロヴァンスを訪れていず、滞在したのは、通算、わずか十日に過ぎないことを認めた。それでいながら、その評者は行きつけのカフェでコーヒーが十サンチーム値上がりしたことを理由にプロヴァンスは駄目になったと言い張っている。

読者からの投書で本当に不愉快だったのは、私の仕事を紙屑と貶した男の手紙で、さんざん酷評を連ねた挙げ句の気休めか、こんなものを書いていては金にならないだろうからと、二十フラン紙幣を同封してきた。あまりにも低劣な文面は我慢がならなかったが、その評者は住所入りの便箋を使う誤りを犯していた。黙ってはいられない。そこで、その二十フランに痔の座薬を包んで送り返してやった。それっきり、向こうからはうんでもすんでもない。

私が気に入っているのは、こっちと似たような波乱の人生を送った年輩の男性が、イギリスはご存じブロードムア拘置所からくれた手紙で、獄中にあって私の本は雲間に空を見る救いだったと言い、穏やかな言葉で手紙を結んでいる。「お気遣いは無用です。遠からず出所しますので」

手紙を書く代わりに、自分から出向いてくる物好きもいる。行楽の途中、気分転換に車や自転車で、あるいは徒歩で立ち寄る読者も稀ではない。私としても、ちょうどいい気散じだ。タイプライターから離れる口実になって、その間、言葉と格闘せずに済む。ぼろぼろに読み古した本にサインを求められたりもする。これですっかり気が晴れて、意識を新たに仕事に戻るのは毎度のことだ。満足を覚えた読者の褒め言葉ほど意欲を掻き立てるものはない。

特異な体験として今もなお忘れ難いのは、さる熱心な青年記者の取材に応じた一幕だ。青年記者は私がかつて向けられたことのない質問を引っ提げて乗り込んできた。父親の生業は？　学校はどこを？　子持ちか、それとも？　プロヴァンスとはおよそ関係ない質問攻めにほとほと閉口して、私はついに痺れを切らし、この対談はどこに発表されるのか尋ねた。

「はあ、伝わっていませんか？」記者は言った。「これ、あなたの死亡広告の準備です」

13 病気をするのにいいところ

以前、不幸にして上流子弟の全寮制私立中学、パブリック＝スクールの規律を堪え忍ばなくてはならない生徒たちの間では、脚を骨折したならともかく、たいていの健康問題はアスピリンを二錠、水で服めば解決するとされていた。不平不満や自己憐憫は意気地なしの証拠で、疼痛、鈍痛、それに、何であれ病気の症状は頭から無視してかかるのが本式だった。

それが、この学びの殿堂が女生徒を受け入れて、温厚、柔軟な傾向を許したことから、ここへ来て事情が変わった。しかし、われわれ古き悪しき時代に教育を受けた年齢層はかつての記憶が忘られず、偏見は抜き難かった。とりわけ、ある種の蔑視が私の頭にこびりついていた。ことあるごとに、フランスは心気症患者の国と聞かされたせいだろう。きちんと説明されたわけでもなし、ましてや、立証されるはずもない。なにしろ、こっちはフランスへ行ったことがなし、フランス人に知り合いは一人としていはしない。にもかかわらず、偏見は深く根を張って、イギリス人の方が質実剛健と優越を覚えるまでになっていた。

初期の訪問で、フランス人の旺盛な健康志向を思い知った。いたるところに薬屋があって、どこもみな順番待ちの椅子を備えている。顧客は薬を買ってさっさと引き揚げず、ひとしきり談議を望むから、待ち時間は概して長い。薬剤師と客は処方箋を挟んで話し合う。痛み止め、消化剤、脱腸帯、目薬、点鼻薬、下剤が次から次へカウンターに並び、薬効の検討があって、客は納得の上でようよう、大きく膨らんだビニール袋を提げて店を出る。これで、少なくとも向こう一週間は健康でいられる。

これはフランス人が久しい以前から律儀に守っている儀式だが、知識に乏しい余所者には芯が疲れて厄介な風習だ。はじめて薬局で買いものをした時のことは今もよく憶えている。目当ての練り歯磨きはすぐに見つけて順番待ちの椅子に腰をおろしたが、それから気が遠くなるほど延々と待たされた。待つ身の辛いことと言ったらない。

やっと順番が来て、歯磨きのチューブを握りしめてカウンターに立った。薬剤師はチューブを脇に置いて処方箋の提示を求めた。

「練り歯磨きに、処方箋?」

「いえいえ。ほかにお求めの品の」

「ほかに買うものは何もないよ」

「それはそれは。変わったお方で」薬剤師は不思議そうに眉を吊り上げると、チューノを紙袋に入れ、スコッチテープで丁寧に封をして、恭しく差し出した。

薬局を訪ねてフランス人の特性と自衛本能に関心が湧き、以後、注意を払って観察に努めたが、これは極めて中身のある、往々にして驚嘆に値する主題だった。何はさておき、フランス人に下から出て健康状態を尋ねたらどういうことになるか、じきに知れた。相手は尋ねに応じて、腰痛から肝臓障害、爪先の関節炎、と微に入り細を穿ち、下手をすれば、大腸の不規則な蠕動、つまりは下痢便秘にいたるまで、ことこまかに聞かされる。それも、まるでかつて体験したことのないはじめての故障を語る口ぶりだ。遮ろうにも隙がなく、ただ同情を装って病苦が去るのを祈るのがやっとである。

広く知れ渡っている話で、二人の老人が朝まだき、コーヒーを飲みながら交わすやりとりがある。

「今日は、どういう予定だね？」老人その一が言う。

「ああ。昼までは、だいたい医者のところだ」

「一緒に行ってもいいかな？」

この会話は事実そのままで、フランス人の医者好きを伝えている。病院の待合室には各種の雑誌が揃っているが、こう見たところ、患者が競って手に取るのは芸能人やサッカーを扱った娯楽誌ではなく、健康問題にページを割いている医学雑誌だ。患者は外科医療の画期的な進歩を語る記事に顔を埋めるようにして読み耽り、時によっては、肥満や心房細動の治療の突破口を語るページを引きちぎって持ち帰る。

医薬への心酔は患者個々の問題ではない。疾患は他人事ではないからだ。私どもの友人が自転車で転倒して踝《くるぶし》を骨折したが、ギブスと松葉杖はこの男をちょっとした村の名士に仕立て上げた。注目を集めて、周囲からいろいろ言われるばかりに、当人は報道陣を相手に自分の立場を説明する公式文書を発表する気になりかけたほどだった。ここでは、周りの関心はあくまでも同情に発したとだけ言うのが筋だろう。自転車に乗る前にはよくビールを呷ったとか、美味いものを腹いっぱい食ってからモン・ヴァントゥの頂上を目指したなどという批判はいっさい聞かれなかった。それどころか、周囲は怪我が重くないことを祈ったではないか。そもそも、目を覆うほどの外傷があったろうか。

生々しい傷は、命の瀬戸際をすり抜けたどたばたの記念碑には違いないが、周りの好奇心をそそるだけではない。なおもって、後遺症を引きずっているだろうではないか。世の中はそうしたもので、人はみなどこかで何やかや、病気や怪我の症状に悩まされている。そこから話に花が咲く。

ずっと以前、カフェで隣のテーブルを囲んだ老人たちに気を取られたことがある。トランプの暇つぶしではなしに、老人たちは時折り間を置きつつも、活発に議論を交わしていた。一人が袖をまくって二の腕を見せびらかした。と、別の一人がズボンの裾をたくし上げた。それから、順繰りに仲間の頭をさすり、首筋を撫で、舌を出して見せ合った。さらには、あばら骨、肩と続き、いずれの場合も、老人たちは真剣な眼差しで質問を発するのみか、目の前の部位を突ついたり、まさぐったりと、まるで生涯でも稀有な体験に気負い込んでいるかのようだった。

翌週、また同じ顔触れが集まった。それぞれに、傷病兵と似たり寄ったりの疾患に悩む身の上だ。前とほとんど変わらないその場の情景を傍観するうちに、老人たちは抱えている症状の見た目と、その進行に忘我の境だと知れた。新たに生じた痛苦と被害情況を追尾することで、健康維持のためのロゼ・ワインが大いに捗《はかど》る仕掛けである。

数年後に寄ってみると、悲しいかな、傷病の自慢くらべはすっかり影を潜めていた。老人たちはどうしたと尋ねると、店の亭主は頭をふり、肩をすくめて、喉首に指を這わせた。安らかに眠れ。

以来、健康信仰の縮刷版とでも言うべき例をいろいろ見ている。処方箋について騒々しく議論する男二人から、新たに身につけた行動力の誇示まで枚挙に暇がないが、中でも公共心を発揮したのは私のさる友人で、不要になった松葉杖をバーで調子に乗って飲みすぎた客の緊急援助用に寄付した。いずれの場合も、個人的な健康増進の手段を周囲と分かち合う精神には敬服を禁じ得ない。

フランスの公衆衛生制度における私の体験は、総じて難がない。かかりつけの医師、マダム・メディスィヌは人当たりよく親切で、こっちが困惑を覚えるほど仰々しい処方箋を書いてくれる。専門医は見識が高く、手際がいい。薬剤師は経験豊かで、実によくものを知っている。フランスは医者にかかるのに世界で最も安心な国の一つに違いない。おまけに、時として驚くほど話が早い。私自身、つい最近それを体験した。

マダム・メディスィヌが私を診て、軽い手術を受けるように強く勧めたのだ。「心臓雑音があります。入院が必要です。幸い、心臓となればこの人、という医者を知っていますから」それから二日を経ずして、電話で〈進軍命令〉を伝えてきた。

病院で型通りの検査の後、外科医に紹介された。会って話すだけで元気づけられるようなその若い医師は、ニコチンやコカインといった罪深い生活習慣の有無を尋ねた。これについては、医師を安心させることができたが、ワインは赤、白、ピンクとも、若い頃から嗜《たしな》んでいることを白状せざるを得なかった。医師はそれを聞き流した。「セ・ノルマル／不思議はありませんね」心臓を診てもらうのに、この医師は打ってつけだった。

いよいよその日がやってきた。病室へ行くと医師が待っていて、手術の前に簡単な準備処置が必要なことを話し、では手術室で、と言い捨てて立ち去った。その場に残されて、私は着替えをしなくてはならなかった。

患者用のガウンは、いったい誰が考案したか知れないが、あれ以上に始末の悪い衣類があろうとはちょっと想像がつかない。薄っぺらな木綿着で、襟首から裾まで切り込み《スリット》が走っている。袖を通してわかったが、少しでも身動きをすればスリットが裂けて、裸の背中と尻が剝き出しになる仕立てだった。面子《メンツ》にかけて悠揚迫らず、悪びれることなく手術室へ行かなくては、と思案するところへドアを叩く音がした。

若くて可愛らしい女の子がブリキの盆をささげ持つようにして立っていた。「イル・フォー・ラゼ・ラ・バルブ／お髯を剃りましょう」女の子はじわりと笑って言った。はて、何のことだろう。私は髯を生やしていない。ベッド脇のテーブルに盆を降ろしたところを見れば、電気剃刀とタオル、それに、アフターシェーヴ・ローションらしい小瓶ではないか。

「どうぞ、仰向けに」言われて私は横になった。女の子はえらく丁寧に、かつ躊躇なく、ガウンを腰のあたりまでまくり上げた。私は遅ればせながら、生まれてはじめて恥毛を剃られるのだと悟った。

「脚を組まないで。どうぞ、楽になさって」

隅々まで神経の行き届いた細やかな仕事ぶりだった。正直、私は何も感じなかった。終わって女の子は、心なしか反り身になって自分の細工をあらためた。

「はい、上等」タオルで剃り跡を払いながら、またあの片笑みを覗かせた。「あなた、これで十は若く見えますよ」

14 村の鼓動

時間は手加減なしである。朝っぱら、六時から動きだして、まだまだすることは山とあるのに、気がつけばもう夜も十時になっている。その、あっという間が実は長い。日で、何やかやとこき使われる。ある時は手荷物預り所を押っつけられ、またある時は間に合わせの掲示板に利用される。何にも況《ま》して重要なのは、際限のない忍耐をもって、ことの次第にかかわらず、人に耳を貸す度量である。言うなれば、村のカフェを一人で切り盛りするのと変わりない。

カフェは手っ取り早くコーヒーを飲むなり、一杯やるだけの場所ではないという以上に、文明社会における妥協の産物である。バーの止まり木より快適で、レストランのテーブルのように窮屈ではなく、何らかの理由で孤独な客にとってはどこよりも居心地がいい。レストランで独りぼっちは人間の本性に悖《もと》る。人間は一人黙然と食事をして生きるようにはできていない。混み合ったカフェに連れもなしにいると、どういうわけか理由はともかく、一人席の気楽な隔絶を好む相客がちらほら目につくことになる。

フランスのどこの村のカフェでも、近くの席に生きた置物と言ったらいいような客がきっといる。見晴らしのいいテラスの隅の決まった席で新聞を読んでいる常連だ。いつも同じものを頼むから、注文は必要ない。知った顔を見かければ、小さく会釈して、それきりまた新聞に戻る。そこにいるのは小半時のこともあれば、午前中いっぱい粘ることもある。間違っても、店から注文を催促されるはずはない。決まりきっているからだ。十一時になっても席を立たなければ、アニスの香りのリキュール、パスティスとオリーヴの小皿が運ばれてくる。

それだけで午前中が過ぎるわけではない。いかにも寛いだ、というより、眠気がさしている風情だが、この客は身のまわりで何が起きているか知らないことには気が済まない。噂話の触りを聞かずには夜も日も明けない野次馬だ。さあ、そうなると話の出どころ、ロールを紹介しなくてはならない。土地のカフェの女将で、カウンターを隔てた上座を占め、馴染み客たちから朝一番の情報を掻き集める聞き上手で通っている。ロールがその場の機転でざっと聞き出す話題は、新聞種になってもおかしくないだけの歯応えがある。村の顔役二人の確執。郵便配達が身を焦がす新たな情炎。村役場の権力争い。レストランの調理場で子犬六匹を産んだシェフの飼い犬……。毎日、何か椿事がある。

それを村専属の金棒引き、ロールの口から聞く以上に愉快なことはない。一方、そうした奇聞にはかかわりのない団体旅行の一同が隣のテーブルで、何ごともなく嘘のように静かな場所を見つけたことを喜び合っていたりする。

そこへまた、いろいろなグループが登場して静寂を乱す。中でもひときわ目立つのは、国技とも称すべきフランス一周自転車競走、〈トゥール・ド・フランス〉からこぼれてきた集団で、次の丘を攻める前に冷たいビールで渇きを癒やさなくてはと、ただそれしか頭にない。身なりは揃いも揃って本職並みで、軽量なヘルメットに鮮やかな黄色のジャージー、体にぴったり張りつく黒の短パンだ。けたたましい音を立てて流線型の白転車を駐め、火照った額を拭うなり、まず一杯のビールはどこへ入ったかわからず、ウェイトレスが店へ引き返すより先に代わりを言いつける。

さるほどに、土地の戯《たわ》け者が冗談めかして言う夏の国際連盟で、テラスはかなり混雑する。夏とはいえ、どんより曇って薄ら寒い北部から避難してくるイギリス人、ドイツ人、オランダ人に、南方の束の間の楽園に心惹かれて来遊するパリ市民たちが数を増すからだ。加えて、近頃は日本人や中国人の行儀のいい団体がいて、手に手を取って静かに語らいながら村の通りをそぞろ歩く姿をよく見かける。いかにもおとなしいその様子から、カフェの馴染み客らは、世界の向こう側には果たして騒々しい人種がいるのだろうかと首を傾げるほどだ。

村の暮らしにこれといった変化もないまま午前中が過ぎ、人通りがふと疎《まば》らになって、店々のテーブルは食事客で溢れ返る。談笑が弾け、ウェイトレスたちは酒瓶にグラス、本日のお薦め料理、それに何であれ、奥のコンロで煮炊きしたものを盆に載せてテーブルの間を縫って歩く曲芸を演じる。どこへ行っても人気のメニューは、こってりと味わい豊かなコルシカのポーク・ソーセージ〈フィガデーッル〉で、つけ合わせに皮のまま焼いた大きなジャガイモが出る。これで夕方まで腹が持つ。

三時頃、客は午睡に帰り、あるいは、庭のプールで一泳ぎで、店々はまた閑散となる。ロール以下、ウェイトレスたちはほっと溜息を吐いて、ようよう遅い昼食を摂る。

午後は静かなようだが、ロールが悩みごとを抱えた誰彼を相手に、自分一人で万《よろず》相談を引き受ける、極めて気苦労な時間帯である。持ち込まれる心痛の種がまた多岐にわたっている。近隣との喧嘩口論。無分別な情事。胴欲な銀行支店長。誠意に欠ける医者。幼少の心的外傷を引きずっている息子。思春期の悩みと闘っている娘。フランス人が好んで話題にする軽い病気、等々である。ロールはそのすべてにじっと耳を傾け、乞われれば助言を与える。だが、助言は親切の一部にすぎないということではない。そこで何よりも大切なのは、思い遣りのある聞き手がいて、悩みを抱えている話者に多少とも安心を与えることだ。相談は精神分析の診察を受けるのと大差ない。ただ、一杯のワインでけりがつくのが普通で、診察料を請求されることはない。

プロヴァンスは、うだるような夏の暑さと、静まり返って草木も枯れる冬の冷え込みがあまりにも懸け離れている。毎年、人事担当者が頭を抱える問題で、ここでまたロールの出番である。ブドウの剪定のない冬場は夫の助けを頼めるし、アニーも当てにできる。土地の女で、十代の頃から雇って目をかけている秘蔵っ子だ。だが、夏はこれでは人手が足りず、もう四、五人いないことには客を捌けない。

そこはよくしたもので、休み中、小遣い稼ぎがしたい学生はいくらでもいる。客が立て込む夏の盛りに、応用物理の学位まであと一歩の女子学生がコーヒーを運んでいる場面も稀ではない。臨時雇いの若い者たちはやる気充分だが、カフェの実際については多くを学ばなくてはならない。その意味で、アニーの存在価値は計り知れなかった。テラスを教室として、アニーはそれまでに身につけたものを滔々と語った。細かいところに目が届き、軍隊でいえば特務曹長の資質を具えたアニーは厳しい教師だった。

夏は朝が早い。アルバイト学生の身なりをあらためることから一日がはじまる。爪の垢がたまっていないか、服は汚れていないか。目障りな入れ墨は隠しているか。胸の谷間も、多少はいいが、慎みを忘れてはならない。こうした基本の点検が済んで、やっと店が開く。どんなに些細な欠陥もアニーは断じて見逃さなかった。テーブルが散らかったままになっていれば、気の利かないウェイトレスに顎をしゃくり、それですぐに片付けば、上出来と、きっぱりうなずいた。野良犬が空いた椅子へ片脚を上げれば、モップとバケツを運ぶように指示が飛ぶ。ぼんやりした客が荷物を置き忘れると、仲間内で一番足の速いウェイトレスが追いかけて、手から手へ渡す。日ごとに立ち寄る数多の客に、何かかにか快楽を約束することがなくてはいけず、アニーは牧羊犬さながら、とかくまとまりに欠けるウェイトレスたちを、かつ急かし、かつ宥めすかして、万端、遺漏のないように心懸けていた。

フランスのどこも同じで、悲しいことに、カフェが減って簡易食堂が幅をきかせ、生活習慣が変わろうとしている。目に見える危険といえば、遠からず携帯電話が人と人のじかに向き合った対話を駆逐するであろうこと、それに、フィガデーッルが、あの馬鹿でかいモンスターバーガーに場所を譲りかねないことだ。まあ、今のところ、少なくともプロヴァンスでは昔ながらのカフェは健在だし、フランスの片田舎についてもそれは言えると思う。どうか長続きしてもらいたい。この国特有の楽しい寄合所が、現代生活の数ある悲劇と同じ道を辿るとしたら、嘆かわしい喪失ではないか。

15 寸景

家内のジェニーは疲れることを知らない写真家で、被写体の、さてこそ、というところを見る目があり、プロヴァンスで暮らす間に靴箱から工業規格の段ボールまで、大小いくつもの箱を撮り溜めた写真でいっぱいにした。ここに、そのほんの一部を紹介する。本人も言う通り、多くは行き当たりばったりで、演出を凝らしたり、修正を加えたりはしていない。洗練を極めた本職の向こうを張る気はもとよりない。つまりは普段着の記録、思い出のよすがであり、田園プロヴァンスの日常生活の断章である。今後とも、ずっと続けてもらいたい（口絵参照 ©Jennie Mayle）。

隣近所

裏手の森にいるイノシシ——サングリエの前衛部隊。夏になるとイノシシたちは水を求めて山を下りてくる。さるほどに、麓の家にはプールがあることを知った。今はまだ見かけないが、浅いところでゆったり休んでいるのを目にするのはもう間もなくだろう。

　条件の厳しい自然環境に生きている身の上で、与えられて当然の慰みだ。

　夏は水場まで何マイルも歩くしかないが、冬はその上、狩猟家と、犬と、銃を絶えず警戒しなくてはならない。にもかかわらず、サングリエは人類をかけらほども恨んでいない。ヒトに迷惑をかけるよりは、避けた方がいい。これはどこかの誰某に聞かせてやりたい。

ニンニクの店

　プロヴァンスでは、ただ旨いものを作るだけでは足りない。正当に評価されるよう、派手に宣伝しなくてはならない。ニンニクは私の友人、ムッシュウ・ファリグールに言わせると「自然の宝石」で、虫の居どころが悪いと、これが「異臭のバラ」になるのだが、そのニンニクは正に、食べられる芸術の最高峰である。

　写真はニンニクの結球《ヘッド》である。ヘッドの中は料理の素材となる小鱗茎《クローヴ》だ。ヘッド一つは、クローヴを十二から、ニンニクの種類にもよるが、三十、もしくはそれ以上を抱いている。鼻を衝く臭気は強烈で、ニンニクを食べるといつまでも息が臭うので嫌われる。だが、ニンニクが極めて健康にいいことはあまり知られていないかもしれない。ビタミンC、ビタミンB_1、ビタミンB_6、カルシウム、鉄分、ポタシウムを豊富に含み、これが体を丈夫にする。腕のいい料理人にかかると、ニンニクは無類の珍味となる。それに、何でも、男の性衝動を煽るとも言う。異臭のバラにしては、悪くないではないか。

プロヴァンスの花野

プロヴァンスの間道を行く楽しみは、一年のあらかた、自然が惜しみなく披露するきららかな景観に触れることである。冬の最中ですら、裸木の列が整然と何マイルも先まで続いて見えるブドウ園は、やがて訪れる緑濃い豊穣の季節を約束する。春になれば、だだっ広いばかりで何もなかった平地が一夜にして、若葉と新芽の絨毯に覆われ、そのあちこちに深紅の芥子《ポピー》が綾を点ずる。寒い間は茶色にくすんでいたラヴェンダーの群落は盛夏に絢爛と咲き誇る前触れに芽を吹きはじめる。何といっても見応えがあるのは、目を驚かす向日葵《ヒマワリ》の開花である。視野の限り、一面の広野が眩しいまで黄色に染まる。ゴッホが心もどかしく絵筆を押っ取った景色がこれだった。だが、ヒマワリにはただ見事な花という以上の特性がある。いつだったか、物知りの老いた農夫ジェロームから、ヒマワリの原を見ればおおよその時刻がわかると聞かされた。朝まだき、東向きに咲く頭状花序が、日中、太陽が西へ移るにつれて回転するためで、これを向日性、または屈光性というのだが、ジェロームによれば奇跡でしかあり得ない。

ちっぽけな訪問者

この写真は胸が赤いコマドリ、ワタリツグミの餌の好みが変わった記念の一景だ。ここにいるツグミはこの朝を境に、昆虫を餌食とする習性を捨てて、ジェニーのもてなす特上のコーンフレークに乗り換えた。

地底の黄金

トリュフに目の色を変える茸信者が一座すれば、議論は永遠の謎の蒸し返しだ。豚と犬と、どっちがよく嗅ぎつけるか。豚一派は、ことトリュフ狩りとなれば、豚は犬よりはるかに鼻が敏感で、あの独特の芳香を遠くから探知すると言う。冗談じゃない。犬派は言い返す。きちんと仕込まれた犬は、何がどうだろうと、豚なんぞ、寄せつけない。

写真は私どもの友人レジスで、トリュフ狩りに精を出している。飼い犬のフリップはプロヴァンス切っての鋭敏な鼻を誇り、毎冬、一財産を稼ぎ出す。二〇一六年の相場で、上等なトリュフは一ポンド千二百ドルだったから、旬の稼ぎが数千ドルになるフリップのような犬は大威張りだ。レジスは夏にフリップをどこかの雌と番《つが》わせることを考えたが、思い直して止めにした。欲情が禍して嗅覚が鈍ったら、泣くに泣けないではないか。

ブドウ摘みに不可欠の農具

プロヴァンスの農家の納屋で、おそらくは何よりも絵になる機材がこの日傘だ。九月はじめ、農園が夏中かけて育てた作物、あとは瓶詰めにするばかりに熟れたブドウの収穫に、日傘は登場する。ブドウ摘みは炎天下で体力を消耗する重労働で、機械化の試みも重ねられてはいるのだが、プロヴァンスの多くのことがらと同じで、古い仕来りはなかなか廃れない。とりわけ、大切なブドウの収穫となれば、何やら込み入った機械よりも、人手を頼んだ方が安心だ。それ故、知り合いや家族の面々が大役を仰せつかり、何人かずつかたまってブドウ畑に散る運びとなる。

距離を隔てているにしても、ブドウ摘みの間で言葉を交わしてはならない謂われはない。声高の陽気なやりとりが、ブドウ園に弾んだ空気を醸す。食事は日傘の陰でする。退屈な野良仕事の場が楽しい社交の一日になる。どうして、ブドウ摘みに機械がいるものか。

位置について、用意……、どん！

八月十五日は、ボニューの村の行事予定でも特別な霽れの日だ。普段はのどやかな村の通りが、この日は闘志満々の出場選手十人の苛烈な合戦の舞台となるからだ。カフェ・セザールの後援で開催される山羊レースだ。

いやはや、何とも珍しい催しではないか。山羊は不思議なものを食べる習性こそ知られているが、競技場で駆けくらべをするようには出来上がっていない。だが、ここに登場する山羊は別である。一頭ずつに山羊方、または山羊追いと呼ばれる本職の付き添いがいて、この日を前に長いこと調教に励んでいる。贅沢な餌をふんだんに与えて強健に育て、励ましの声をかけながら、競争相手と追っつ追われつ、曲がりくねった走路を駆け抜けるように仕込むのだ。

十時の出走に間に合うよう早めに出かけたが、すでに村中に興奮が漲っていた。いずれ劣らぬ頑健な山羊方十人がビールを傾けてレース前の高ぶりを静める傍らで、山羊たちはカフェの花壇を食い荒らすのに忙しく、やがてその運動能力が容赦ない試練に曝されることなど、まるで頓着がなかった。

花壇を荒らす山羊たちを位置につかせるのに手間取って、出走はやや遅れた。山羊方たちは一緒に走りながら激励の声をかけ、時折り小突いて山羊を急かした。ゴールラインへ行ったところで、観衆から哄笑混じりの歓声が上がった。勝ちを誇っていいはずの山羊方は汗みずくで息を切らせ、顔を赤くしていきり立っていた。どうしたものか、自分の山羊に撒かれてしまったという。

プロヴァンスで、雪?

あり得ないことではない。年々、気象統計の対象になるほどちょくちょくではないが、降る時は降る。降ったとなれば、一年を通じて最も美しい日に恵まれる。雪の夜が明けた朝のきらびやかな日差しと紺碧の空は、まるで世界が変わったかと思うほどである。田園一帯は白皚々《はくがいがい》たる無音の雪原だ。ひとしきり森を駆けまわって戻った犬の髯は雪で強ばっている。木立や藪は丁寧に飾りつけたようである。庭の池で朝の餌食を漁るアオサギは、一面の氷に面食らっておたおたする。

雪のせいで村人らは、めったに着ることもない、それもたいていは年代ものを引っぱり出した。祖父の毛皮の帽子。第一次大戦当時の軍用オーバー。古びて革が固くなった長靴は履きにくい上に、ぎくしゃく歩くと妙な音がするが、寒さを凌《しの》げれば上等で、見た目を気にすることはない。

底冷えのする寒気も一夜のうちに弛んで、朝起きてみれば雪が消えている。それでも束の間、クリスマスカードの世界に生きているような気がする。

路傍の憩い

プロヴァンスの村の市場は、普通、週一日に制限されている。大勢の人で賑わった市場が翌日には消え失せて、そこはもとのがらんとした駐車場に戻る。これは、喉の渇いた大道商人には深刻な問題だ。村の駐車場には、まずほとんどバーがない。

だが、あちこちの市場に酒を卸しているカーヴ・ヴィニコール・デュ・リュベロンが移動式のワイン・バーをはじめて、その心配はなくなった。赤、白、ロゼと品数が豊富だし、気楽で、サービスもいい。地元の女性たちは亭主をそこへ降ろして買いものをする。そんなことから、亭主たちはそれまでの習慣を捨てて、週に一度の買い出しに付き合うようになった。相談役の体裁を取り繕うのはもちろんだが、同じ腹づもりで喉を渇かせている他所の亭主らと行き逢えたらしめたものだ。

進んだ園芸

春になると、冬の間およそ殺風景だった野っ原が、期待に満ちたブドウ園に一変する。農夫がトラクターで植えつける、定規で引いたように真《ま》っ直《す》ぐな、それも、間隔の正しい若木の列には驚嘆を禁じ得ない。トラクターを操る農夫は、自分が植える苗にほとんど背を向けているのに、いったいどうしてあそこまで完璧な仕事をしてのけるのだろうか。トラクターには何か精巧な装置が搭載されているのだろうか。

それは違う。と言うより、もっと優れた仕組みがある。農夫の妻がトラクターの少し後、または前を歩いて情況を判断し、指示を下すのだ。亭主はこれに従うしかない。驚くほど単純で、確実な方法だし、プロヴァンスには何でも心得て、苗をどこに植えるか、向こう十年を経てその苗がどうなっているか、正確に知っている妻女が目白押しだ。奥方、万歳。

初物

プロヴァンスでは、四季折々、旬のものを食べる楽しみがある。スーパーマーケットで冷凍冷蔵庫から掻《か》い出したものとはわけが違う。一番いい季節は五月、六月だろう。この時期、初物食いは選択に迷う。獲れたてのニンニク、ソラマメ、アサツキ、サヤエンドウ、イチゴ……と、市場の品書きは盛りだくさんだ。が、それはともかく、とりわけ旬の到来を実感させるのは、ムッシュウ・ファリグールの言う〝気高い雑草〟、アスパラガスである。

この実に多様性に富んだ野菜については、人それぞれに好みの食べ方がある。直火で炙ってよし、オーヴンで焼いてもいい。塩や酢に漬けても、揚げてもよく、いろいろな形でリゾットやサラダに使えるし、みじん切りや、裏ごしにして、ピューレを作ることもある。

もっと手っ取り早く、簡単なのは、アスパラガスにオリーヴ油を垂らした上から、擂りおろしたパルメザンチーズをかけて、これでロゼを一杯やればいい。天国だ。

買いものの絵模様

スーパーマーケットは消費文明が生み出した傑作だ。能率がよく、便利で、選択に無限の幅がある。何もかもがビニール包装で、清潔この上ない。ただ、熱烈なスーパー支持者も、店舗に魅力と言えるものがほとんどないことは認めざるを得ない。

だが、嬉しいことに、その埋め合わせがここにある。週に一度、キュキュロンの村に立つ市だ。さざ波が陽にきらめく、プロヴァンスでも最も大きなうちに数えられている矩形の泉水を囲んで屋台が並ぶ。現代生活に必要ないくつかの備品が見当たらないのは事実だが、人は冷凍食品や食器洗剤、二人前の詰め合わせ弁当、消臭剤などを買いに来はしない。

買いものリストに新鮮な青果、地元のチーズ、ちょっと変わった珍しい調理道具、ソーセージあれこれ、骨つきハム、村の酒屋のワインなどが並んでいるなら、この市で裏切られることはない。カフェでコーヒーを一杯飲むだけにしても、絵のような景色の中で午前中を過ごすことになり、後々までその記憶は色褪せない。

春は来ぬ

底冷えの余韻を残して冬は去る。徐々に日脚が延びて、空は明るくなる。やがて、三月も末に近く、昨日の今日という間合いで春が来る。くすんだ裸木を晒していた森や林は装い新たに花を着飾り、太陽は輝きを増す。

藪陰では、カエルたちを先頭に、自然のオーケストラが夏の演奏に備えて調弦に取りかかる。演奏会の主役を勤めるセミはまだ姿を見せないが、あたりの空気は長い時間、屋外で過ごすことのできる心地よい夜を約束している。

村は活気づき、ずっと冬眠で引き籠もっていたカフェの常連たちは浮かれ出てテラスに場所を占める。市場は春の味覚にあふれ、果物、野菜がふんだんに流通する。この時期の目玉で、ムッシュウ・ファリグールの言う気高い雑草、春のアスパラガスは姿よく青物商の店先に並んで買い手を差し招く。

春は嬉しい季節だ。暑からず、人で混み合うこともない。向こう四ヶ月から五ヶ月の豊かな陽光の先触れで、夕食にはアスパラガスが出る。

隣近所

ニンニクの店

プロヴァンスの花野

美しい仕事場

ちっぽけな訪問者

地底の黄金

ブドウ摘みに不可欠の農具

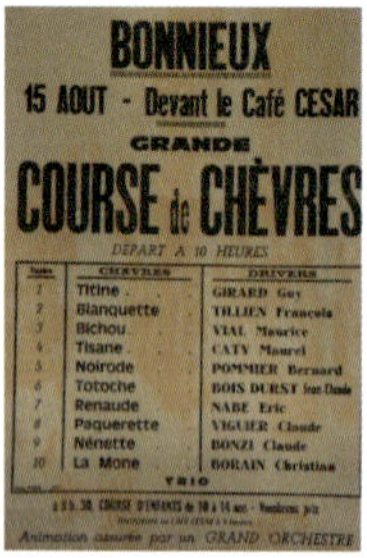

位置について、
用意……、どん！

プロヴァンスで、雪？

路傍の憩い

進んだ園芸

初物

春は来ぬ

買いものの絵模様

またも珍客

広大な裏庭

♫ またも珍客

その客は、ある朝、屋根から景色を眺めていた。典型的なプロヴァンスの猟犬で、それも雌犬だ。私たち夫婦と目が合ってぎくりとするでもなかったが、我が家の飼い犬二頭には関心があって、危なっかしい足取りで挨拶に降りてきた。以後、数週間、私どものところで食客を決め込んだ。

家に誘い入れてやったところが、これまで人家で暮らしたことがないのはすぐに知れた。たちどころに、キッチンがどこよりも居心地のいい場所と見定めたのは持ち前の嗅覚で、鼻面を突き出せば、ほしいものが何でも、届くところにある。それで、遠慮会釈もなく、ジェニーの臑にまとわりつくようになった。

少なからぬ点で、おとなしい野生動物を思わせたが、しばらくしてある日暮れ方、野生本能が頭をもたげて、森へ姿を消した。どこでどう過ごしたか知らないが、夜が明けると屋根に戻って餌を待っていた。

私たちはこの雌が、いったい、どこから迷い込んだか突き止めたく思ったが、首輪もしていず、烙印もない。土地の狩猟家が探しにくるでもなし、家は飼い犬が三頭になったようなものだった。中の一頭は神出鬼没だけれどもだ。

残念ながら、人家で飼われる安楽よりも野生本能の方が根強く、森の呼ぶ声には抗しきれなかった。もう何ヶ月も見かけていない。それでも、もしかしたら、という期待があって、私たちは朝ごとに屋根をふり仰いでいる。

広大な裏庭

プロヴァンスのあちこちに手入れの行き届いた瀟洒な庭園がある。木々の枝葉までが見場よく按排《あんばい》されて、清浄と秩序の手本とでも言ったらよさそうな、評判の景色である。生活スタイル雑誌がそこを特集する。誇り高い所有者は、時間を決めて一般に公開する。そうした場所は、概して造園の極致と見られている。

だが、これを以てしても、とうてい敵《かな》わない相手があって、人間、しょせん自然の前には非力と言わざるを得ない。プロヴァンスでは時にまさかというところで目を見張る風景に出くわすことがある。人が植えつけたでもなし、水をやったり、手入れをしたり、もとよりいっさい関わっていないはずの植物群落などもその類いで、この写真の広大な芥子畑は実に瞠目に値する。感嘆に打たれる間もなくケシは消え去るだろうが、時期が来ればまた咲き揃う。なるままに任せておけば、自然が何をしてのけるか教えてくれる。

16 天気予報

プロヴァンスにいるイギリス人は、まずもって受けがいい。舌足らずの奇妙な言葉を話すし、道路の反対車線を走る危険な習癖があるにしてもだ。もっとも、それくらいは天気にまつわる異常なこだわりにくらべれば、ものの数でもない。気象予報に対する根深い不信、あるいは、今日、降っていなければ、明日はバケツをひっくり返したような土砂降りになるという思い込みは一通りではないからだ。この天候懐疑は休日の暮らしにまで現れて、プロヴァンス人が好んで取り沙汰する笑いの種になっている。

面白おかしいことはいろいろある。例えば……、

どんより曇って、村の空気がやけに沈滞している時、イギリス人はカフェで地元住民らに発破をかける。ユーロの下落から、リュベロンを見舞った豚コレラにいたるまで、あらゆる厄災から棘を抜き去る言葉遣いで周囲を励ます。「少なくとも、天気はいいだろうが」当惑げな聞き手を前に、底抜けに明るい顔で、何もかも旨くいって、世の中、

丸く収まるとでもいう口ぶりだ。

一本気なヌーディストのために区域が指定されている八月の混み合った浜でイギリス人を見分ける確実な目安がある。使い慣れて頼りになる黒い蝙蝠傘を携えているのはイギリス人だけだ。これが注意を引いて半信半疑の質問を浴びると、イギリス人は雲一つない空を見上げ、頭をふって言う。「さあ、わからないぞ。天気というやつは、くるくる変わるから」

歴史の背景を考えれば、この用心は理解できる。大人になってからずっと暮らしたプロヴァンスでは、一日に三つ、時と次第によっては四つの季節に対応しなくてはならず、朝のうち晴れていようとも、午後まで天気が保つとは限らない。備えあれば憂いなし。極端な場合、海岸へ出るのにきちんと畳んだビニールのレインコートを手荷物に忍ばせているかもしれない。

毎春、四月の声を聞くと、イギリス人観光客は海岸で蝙蝠傘を手にしている件の心配性よりも、天気についてははるかに無頓着になる。これがまた、カフェで埒もない議論を誘う。イギリス人は果たして気温何度で着ているものをかなぐり捨てるだろうか。村人たちがまだセーターに長ズボンで、スカーフを手放せずにいる頃、イギリス人旅行者はTシャツに半ズボン、女性は薄地のドレスという真夏の装いで、剝き出しの膝が紫色になるほどの寒気をものともしないふうに見受けられる。

これなどはまだほんの序の口で、よく耳にする表現に〈イギリス人の被虐趣味〉というのがあって、昼前に庭のプールへ飛び込まないことには気が済まない。春の訪れを祝う神聖な儀式を疎かにしてはならず、厳しい寒さを省略の逃げ口上にしたら罰が当たる。それはそうだろう。ここはイギリス人の感覚からすれば亜熱帯の気候で知られるプロヴァンスではないか。思いつめたイギリス人がその年の初泳ぎを先送りするには、プール一面に氷が張っていなくてはならないのではなかろうか。

だが、プロヴァンス人もまた、こと天気に関しては希代な習癖がないでもない。陽はさんさんと降り注がず、明るく澄んでいた空がどんよりしてくると不機嫌になり、恨みがましい目つきで雲を見上げて、プロヴァンスの農業に害をなす当てにならない空模様をぶつくさ言う。不思議なことに、そこへイギリス人が顔を出すと気色が変わり、土地者たちが何よりも好むいつもながらの天気談義を誘う。

例えば、顔見知りのジャン－ジャックに道端でばったり会ったとする。ぼんやりと曇った朝で、それが先方の見た目にも影を落としている。虫の居どころが悪いか、普段は明るく晴れやかな顔が、政治を論ずる取っておきの顰め面だ。調子を尋ねる挨拶に、頭をふり、空を見上げて肩をすくめるのがきっかけとでもいうように俄の雨になる。と、ジャン－ジャックの表情が変わり、重ねて叢雲に顎をしゃくうと、期するところありげに言う。「野郎。ああ、そうよ。八月にイギリスで、天気に恵まれたようなもんだ」―何度これを聞かされたかわからない。こっちがきちんと耳を貸して、笑って相槌を打つのを期待するように、胸ぐらを小突きながらのこともしばしばだ。私は、八月のイギリスで、信じられないほどの上天気をじかに体験したことがあるかどうか、天気評論家に聞いてまわったが、ほとんどはプロヴァンスを一歩も出たことがないとわかっただけだった。

どの季節にも、きっとその時期を専門とする天気評論家がいるが、それにも況して人を脅かすのは、長くはないものの凍てつく冬のはじめの運転者だ。一年を通じて、プロヴァンスの運転人口はカメの子組と野ウサギ組に二分されていて、厳寒の候がその差異を際立たせる。カメの子組は、路面の氷結が黒ずんで見えにくいことから起きる車十台の玉突き事故の恐怖を繰り返し人の記憶に呼び覚ます。事故を減らすには減速するしかない。ところが、公式規格のエンジンを積んだ車のレース、フォーミュラワンの出場選手予備軍は、スピードこそ安全運転の鍵と高言して憚らない。路面の氷結で危険が増す分、反射神経が鋭敏になって、咄嗟の判断も、ハンドル操作も確かだという。時速五十キロでのろのろ走っている年配女性を追い越す優越感と、男ならではの興奮は言わずもがなだ。驚くには当たらないが、この手の軽薄児にも敵がいる。先頭は、晴雨を分かたず、自然の投げかけるすべてを受け止めて物流の現場で体を張っているトラック運転手である。年配女性たちと違って、トラック運転手は脇へ寄って追い越しの幅を残すことを潔しとしない。それどころか、後続の車がしつこく警笛を鳴らせば、加速して、さらに中央へ迫り出して道を塞ぐ。宣戦布告。背後の車が順繰りに警笛を鳴らし、これに応えてトラックは長嘯《ちょうしょう》を響かせる。こうなると、もう、お互いに後へは退けない。

問題は、ハンドル操作は両手を必要とするため、フランス人のお家芸、掌を返して肩をすくめる仕種が妨げられることである。だといって、なす術もないわけではない。やがて道幅が広いところへかかって、追い上げた車はトラックと並ぶと、窓を降ろして片腕を伸ばし、人差し指をふり立ててトラックの運転手に、これ以上はない侮蔑を突きつけて抜き去る。

そこまで危険な真似はせず、あっさり気楽にふるまうところが近所付き合いをしているミシェルの持ち味だ。軽装馬車をポニーに牽《ひ》かせて乗りまわす道楽があって、私もよく村の郵便局まで田舎道を乗せてもらう。道はいつも空いている。まるで人気が絶えていることもある。起点には、トラック進入禁止の標識がでかでかと出ている。それなのに、ある朝、村へ向かって走りだしてすぐ、くぐもった金属音に続いて、ぜいぜい喘ぐような機械音が背後に迫った。見れば、車輪がいくつもある、車幅がほとんど道路いっぱいの大きなトラックではないか。ミシェルは眉一つ動かすでもなかった。「珍しいこともあるものだ。運転手には、気を長く持ってもらわないとな」

　向こうも自制に努めはしたろうが、ぷっ、ぷっ、と軽くホーンを鳴らさずにはいられなかった。これに対して、ミシェルは鞭をふりかざし、頭上で何度か輪を描いた。抵抗の意思表示だろうか、それとも、わかっているよ、という合図だろうか。その動作に特別の意味があるのかどうか、ミシェルに尋ねてみた。「ああ、あるともさ。ただ、何だったかな。左折、右折、こっちは迷子……。そのどれかだったと思う」

　ミシェルの鞭が何を意味したかはともかく、道路が二車線になるまで、トラックの運転手はどうにかせっつくことを控えた。ミシェルは馬車を路肩へ寄せて降り、古びた茶色の帽子を取ると、丁寧に頭を下げて道幅の広い方へトラックを誘導した。トラックの運転手がにんまりするのを見たのは、後にも先にもこの時だけだ。


　いつだろうと季節を問わず、プロヴァンスはとてつもない気象変調の影響を被らずには済まない。乾燥した冷たい北風、世に言うミストラルだ。この地に移り住んでまだ日も浅い頃、私は近隣のフォースタンを前に、何と風の強い日だろう、と言う誤りを犯した。

フォースタンは片手で帽子を押さえながら、私の誤りを正した。いやいや、これはミストラルだ。道路を歩いている年寄り女を吹き飛ばすわ、ロバの耳を吹きちぎるわ、始末に負えない自然の気まぐれだ。お宅の国で猛烈な風と呼ぶのなんぞは、こっちでは、そよ風でしかない。まるでミストラルはわがものとでも言うような、得意げな口ぶりだった。その後、理解が追いついたが、プロヴァンスでミストラルは大気の激しいしゃっくりよりも、むしろ、ちょっとした国宝とも言うべきものと見做されている。

何にもまして、ミストラルは極めて融通の利く重宝な口実で、いろいろな場面でこれが使われるのを目のあたりにした。屋根瓦がずれたぐらいはまだなこと、ミストラルで説明のつかないいざこざはまず無きに等しい。頭痛、犬の喧嘩、約束不履行、腰痛、夫婦喧嘩、調子の安定しないセメント・ミキサー、交通事故、焼き損ねて潰れたスフレ……、何だろうとミストラルのせいにしておけば揉めごとにはならない。争われない強みは、ミストラルは誰の罪でもなく、従って誰の非を咎める筋もないことだ。それに、季節も限定されはしない。夏の盛りでも、ミストラルは三日、六日、時には九日の間、ぶっ通しで吹き荒れる。

気象観測の現場で、たとえどんなに略式であろうとも、すべてを公式化するいくつかの統計数字が欠けていたら、その仕事は杜撰《ずさん》の誹《そし》りを免れまい。ここで、私が驚きを覚えた数字について、ざっと触れることにする。

ロンドンはじけじけした霧雨の街で通っている。年間の降雨量は二三・四インチである。ビキニ姿がレインコートよりも多いカンヌの平均雨量は年間三〇インチを超える。ゴルドは二八インチだが、それでもロンドンをかなり上回っている。これらは聞くと見るとは大違いの例二つというにすぎない。正確、公平を期して、ほかを当たってみた。イギリスのどこでもいい。プロヴァンスの村や街、海浜が享受している年間三百日以上の日照が確実な地域はあるだろうか。残念ながら、そんなところはどこにもなかった。

どうぞ、楽しい休暇を。カンヌへおいでなら、蝙蝠傘をお忘れなく。

17 盲導犬

人と犬の悲喜こもごもの長い付き合いで、ある一つのことが大きな転回点として際立っている。犬に住処を与え、緊密な共生関係を確立したことである。犬はもはや牙のある盗難警報装置の身分で戸外で暮らすことを強いられず、行動範囲も選択の幅が広がって、その恩恵を被った。早いうちから牧羊犬の役割を受け持って働きを示したが、続く何世紀もの間に、活動の場は多岐にまたがるようになり、今では鋭敏な鼻にものを言わせて多彩な能力を発揮している。黒トリュフを嗅ぎつけることにはじまって、事故で倒壊した建物の下敷きになった遺体や、爆発物や、ソファの陰に紛れ込んだ私物を探り当てて、と息つく閑もない。警察の捜査活動に加わる犬も数を増した。いやしくも連隊を名乗る軍団には、きらびやかな装備に飾られた四つ足のマスコットがきっといる。

何と、犬の能力が目の不自由な人のために正規に役立てられるようになったのは一九一六年のことだった。ドイツに世界ではじめて盲導犬学校が設立され、いくばくもなく学校のネットワークは全ドイツに広がって、さらには各国がこれに倣い、恵まれた大人たちは盲導犬に助けられた。当時、目の見えない子供は「未成熟」を理由に、十八になるまで待たなくてはならない決まりだった。

そこへ、ケベックに本拠を置く非営利組織ＭＩＲＡが登場した。一九八一年に犬一頭で発足したが、一九九一年には史上初の、目の見えない子供と盲導犬のための学校を開設するまで実績を重ねた。

何千マイルも離れたプロヴァンスに盲導犬学校ＭＩＲＡのことが伝わり、フレデリック・ガイヤンヌの耳に入った。この事業に携わるに誰よりも相応しい人物だった。十九の歳に交通事故で視力を失い、それまでとは異なる境遇で苦難と闘うことを余儀なくされて、無明《むみよう》の闇の何たるかをよくよく知っていたからだ。二〇〇四年、ガイヤンヌはカナダを訪れて、ＭＩＲＡの創始者、エリック・サンピエールに会った。

二人は意気投合した。心打たれたガイヤンヌは新たな熱意と発想を抱いてプロヴァンスに戻った。目の見えない子供たちのために学校を興す決心だった。二〇〇七年にはＭＩＲＡカナダと協定を交わしてＭＩＲＡヨーロッパを設立し、志を同じくする仲間二人が盲導犬調教師の訓練にカナダへ派遣された。

学校新設は優れた発想で、まずは場所を捜さなくてはならなかった。幸い、遠くまで足を伸ばすことはなく、イル・スュル・ラ・ソルグの川辺に近く、祖父母がブドウや、モモや、アスパラガスを育てていた数エーカーの土地があった。平らで足の便もよく、必要な設備をととのえるには充分だった。

建築家の友人が綿密な設計図を引き、フレデリックは資金調達に奔走した。少しずつながら、金は集まった。すべて個人か私企業の献金で、有志から成る募金団体も協力を惜しまず、やがて、二〇〇八年十月四日、学校は定礎の運びとなった。

二〇一〇年と一一年に講習を終えた調教師がカナダから帰国して、学校は二〇一四年に開校に漕ぎつけた。

それから一年ちょっとして、私ははじめてここを見学した。聞きおよぶところ、学校は大変な成果を上げている。公共機関からいっさい財政援助を受けていないことを考えれば、なおのこと敬服に値しよう。フランスの行政組織はどういうわけかこの事業にあまり積極的ではなかった。

私は仮設住宅のような、実用本位の殺風景な建物を予想していた。実際は嬉しい驚きだった。新築の校舎はすっきりと見た目よく、内部は明るく広々として、床には塵一つ落ちていない。はじめてのことで、私は犬が見たかった。特にラブラドルとベルン犬の交配種で、盲導犬として仕込まれているサンピエールを間近に見られるものならと楽しみにしていたが、学期の替わり目の休み中で、姿のいいサンピエールの写真と、第一級の盲導犬を育てるにはどうすべきかを子細に述べた文献で我慢するしかなかった。

　金のかかる仕事である。盲導犬一頭を訓練する経費は二万五千ユーロほどで、しかも、初歩の課程だけで一年を要する。その間、駈け出しの犬たちは進んで世話を引き受ける篤志家〈ファミーユ・ダクーイュ〉に預けられ、人と暮らしをともにする厄介な体験を経なくてはならない。犬たちはどこへでも行く。電車やバスにも乗るし、街の雑踏を分けて行き来する。飼い主が友人と食事をする席にもついて出る。買いものや、映画も一緒である。その間、馴れない装具《ハーネス》を着用させられて、それには「訓練中」と書かれている。その後、イール・スュル・ラ・ソルグのMIRAで調教師による指導を受ける。そこまでの課程が終わって、はじめて生涯の相棒となる幸運な子供に引き渡される。今度は目の不自由な子供たちが訓練を受ける番である。

　訓練はいくつかの段階に分かれている。はじめの二日間で子供たちは盲導犬について必要なすべてを学ぶ。次は一週間の日程で、子供と盲導犬の相性が検証される。方向感覚は確かだろうか。土地鑑はあるだろうか。子供は犬と行動をともにするだけ充分な運動能力を備えているかなどである。これらの基礎的な審査が済んだところで、子供は引き継ぎのための補習を受ける。せわしなく込み入った現実の世界で犬と一緒に生きることを身につける手はじめだ。連れだってマルセイユの地下鉄に乗り、エスカレーターが登りつめたところで、一歩大きく踏み出すことを覚えなくてはならない。はじめて車に同乗し、買いものに出かけ、人犬一体となって世間の風を知る。

学校はさらに集中的な訓練を意図して、子供と盲導犬が市街地で怯むことなく、余裕をもってふるまえるように、広い土地を整備して十全を期した。高層建築が林立する傍らに階層の低い区域もあり、四囲を満たす音響もまた色彩に富んでいた。曲がりくねった小径に横断歩道があり、人一人ずつを通す回転木戸がある。四通八達する道が集まり散ずるジャンクションがあり、跨道橋があって、違法駐車が道を塞いでいるところがある。都会の無秩序が五百メートルにわたっている風景もある。その上、噴水が二カ所あり、ラヴェンダー、ローズマリー、イトスギ、バラの茂みが甘美な香りを漂わせている。

訓練を受けながら犬と仲好しになる間、子供たちは寄宿舎で暮らす。独立した寝室と広々とした居室のある立派な建物だ。訓練が終わったところで、調教師は子供と盲導犬をもとの家に帰す。安定した環境で、子供たちは新しい生活に馴れ、大学へ通ったり、友人を訪ねたりと、その後の生き方を試行する。学校がはじまる九月に、新入りの生徒はＭＩＲＡの調教師である教師に連れられてほかの子供たちに会いにゆき、そこで盲導犬と付き合う際の鉄則を聞かされる。盲導犬は役目を負った存在で、愛玩動物ではない。

撫でたり、餌を与えたり、犬の気が散るようなことをしてはいけない。褒美や、散歩や、愛撫は犬が装具をはずされてほっとする一日の終わりを待たなくてはならない。

訓練が終わっても、ＭＩＲＡは子供と犬をじっと見守る。言うなればアフター・サービスで、これに八年という時間をかける。子供は今や一人前の青年で、上の学校へ進んでいるかもしれない。そうなって、盲導犬は晴れてお役御免で、以前、幼犬の頃に飼われていた家へ戻ることもしばしばだ。

昨年の夏、機会を得てＭＩＲＡを再訪した。新規の盲導犬と子供たちが勢揃いしているところへ行き合わせたのは幸いだった。その場の空気に私はたちまち感じ入った。多くの学びの場と違って、ＭＩＲＡは活気に満ちていた。みんな笑顔で、犬たちはしきりに尾をふっている。人生ががらりと変わるだろうことを知った子供たちの希望の炎《ほむら》がいよいよ燃えさかる勢いではないか。心浮き立つ場所だった。これを可能にしたフレデリックは大いに誇っていい。

18 夏の大侵略、秋の大脱走

一年の十ヶ月、プロヴァンスの片田舎の暮らしはのんびりと穏やかな日々である。土地の人々と交友を深め、カフェテラスでロゼ・ワインを傾けながら、人間存在の意味を考える時間もたっぷりある。人生の重圧は、会議と仕事の打ち合わせで毎日が過ぎる都会の勤め人に任せておけばいい。

それが、フランスが二ヶ月の休暇に入る七月には事情が変わる。ネクタイとスーツは半ズボンと麦藁帽子に場所を譲り、職場のデスクのサンドイッチは、料理三品とワインの昼食に格上げだ。郊外を散歩するのも悪くないし、午後はプールで過ごす手もある。画廊や美術館を覗いてもよし、日頃は時間がなくて思うに任せないささやかな楽しみはいくらもある。いやはや、世の中、何かと忙しい。

誰も彼もが不満を託《かこ》っている。イギリス人やアメリカ人ばかりではない。ベルギー人やドイツ人、それに、夏ごとにプロヴァンスへ押しかけて、飾り気のない寛いだ生活の喜びを再発見する侵略者集団の一部、パリジャンたちもその点は同類だ。この束の間の強いられた怠惰にどう向き合うかは国民性によっても大きく変わり、数年来、私はそこに見受けられる違いの観察を楽しんでいる。

活力、好奇心、熱意において、断じて他を寄せつけないのがアメリカ人だ。アメリカ人にとって、プロヴァンスはあたら疎かにはならない試練である。朝まだきからカフェの片隅で一日の予定を立てる。旅行案内と首っ引きで、あるいは、ノートパソコンに食らいついて、昼前に行く場所までの距離と時間を計算し、食事はどこにするか、午後はどうするか、こと細かに思案をめぐらす。計画は周到綿密という以上に、時には予定が混み合って体が保たないほどだ。なにしろ、フィラデルフィアからはるばるやってきた。貴重な時間を寸秒たりとも無駄にしたら元も子もない。あのありさまを見ていると、アメリカへ帰ったら、疲労困憊から立ち直るのに何日かかかるのではないかと心配でならない。

つい先頃、方々の国から押し寄せる夏の旅行者をどう思うか、ムッシュウ・ファリグールに尋ねてみた。例えば、私と同邦のイギリス人は？　答を聞いて、私が次の質問を発することの繰り返しで午前中は過ぎた。

ファリグールに言わせれば、総じてイギリス人はまずまずだ。行儀がいいし、礼節をわきまえている。ただ、英語を話さない相手と意思疎通を図るとなると、これがなかなか難しい。フランス語しか通じないフランス人に囲まれた場合などによくあることで、そこからの筋書きは、ファリグールのいわゆる「アングロ・サクソンの逆襲」となる。たいていは、カフェの給仕に英語でものを問うのがその発端だ。手洗いの場所を尋ねたり、その店はイギリスのビールを置いているかといった何でもない話だが、ウェイターの受け答えは変わらない。困った顔で、眉を吊り上げて肩をすくめるばかりだ。客はめげずに同じことを言う。今度も英語だが、前よりも少し声が高い。もう一度、もっと大きく。ウェイターは弱り果て、その場を放ったらかして、注文のわかる客の方へ行ってしまう。

これと違って、イギリス人の女性客はずっと静かで、垢抜けている。なるほど、ファリグールの言う通り、プロヴァンスのカフェで飲ませる紅茶についてはお気に召さないようだけれどもだ。イギリスの紅茶にくらべたら、あんなのは、味も素っ気もないまがいものと、点が辛い。亭主どもが朝の十時からワインを浴びるように飲むことにも呆れ顔だ。まあ、いいではないか。男は男。旅の目当ては遊楽だ。

話はドイツ人の噂になった。ファリグールによれば、ドイツ人にとってプロヴァンスはビールと日焼けを意味する。ドイツ人はいつも喉がからからで、真っ黒に日焼けして、アメリカ人ほどではないにしても、てきぱきと歯切れがいい。ベルギー人に関してファリグールの観察は、ただフランスでよく耳にする侮蔑の焼き直しでしかなかった。ベルギー人は道路の真ん中を走る癖があって、フランス人の命を危険に曝している。

相手がパリっ子となると、ファリグールは容赦ない。「高慢ちきの俗物めら。パリ人とやらの泡《あぶく》の中に生きていて、こっちのことは田舎者扱いだ。お高くとまっていやあがって。チップはけちるし、やれ暑いの、ものが高いの、文句ばかり言やあがる。レストランの悪口をたたく。だったら、何しにきたんだ。あんなやつら、リヴィエラあたりにへばりついていりゃあいいんだ」

本気で言っているとは思えなかった。「全部が全部、そんなふうでもないだろう」

「もちろん、変わり種はいるともさ。心安くしているパリっ子がいて、そいつなんぞは例外のうちだ。控えめで、笑いを解する」残念ながら、仲のいいパリジャンがいるにしても、一人ですべてを補えというのは無理な注文だった。ファリグールはまだ何やらぶつくさ言いながら、昼食に立った。

毎年、国外からやってくる観光客で、このところ目立って数を増しているのは日本人だ。さしものファリグールも、そうとわかれば贔屓にするに違いない。私は日本人ががさつにふるまうのを見たことがないし、騒々しく喚くのを聞いたこともない。カフェのテーブルを囲んだところは、囀《さえず》りを交わす小鳥の群れさながらではないか。ただ、スマートフォンで一斉に写真を撮るシャッターの音は凄まじい。好奇心の塊のようなレンズから、何者も身を躱すことはできない。ブールをする人々、イーゼルに身を乗り出している画家、接吻する二人、くすねたパンを銜《くわ》えてこっそり逃げる犬……。村の路傍の風物すべてが日本人旅行者を惹きつけると見える。

夏は駆け足で去っていく。道路の混雑と、数多入り乱れた異国人の顔がこのままいつまでも続くかと思う頃、八月が過ぎて九月が来る途端に嘘のように群衆は消え失せ、静寂が戻る。二ヶ月ばかり、めったに顔を合わせることもなかった村人らは再びカフェやレストランに席を占め、旅の土産話に花を咲かせ、やがて訪れる冬の予定を語り合う。朝まだきの空気は冷え冷えとして、スカーフやセーターが復活し、村に活気が蘇る。二度目の春を迎えたかのようである。

九月半ばは狩猟シーズンのはじめに当たる。猟銃の音が地をどよもして、分別のある生き物たちはみなプロヴァンスを遠く離れた辺地へ引き上げる。ところが、狩りの獲物となる生きた標的が今年は目に見えて減少し、私のいるあたりでも、いつもなら夜明け方から響きわたる銃声がふっつり途絶えた。はて、どうしたことだろう。狩猟用の大粒散弾、シカ玉の値が三倍に跳ね上がったのだろうか。キジやウサギが反撃することを覚えたか。いったい、この静まりかえった気配をどう説明したらよかろうか。

あらかたの見当はつく。これは胃袋の問題だ。ある狩猟家が嘆かわしげに言っている。このあたりの森に棲む野生のイノシシ／サングリエは、以前とは質が違う。世間一般も知っての通り、サングリエがわきまえもなく家畜のブタ／コションと交尾を重ねた結果、雑種のイノブタ／コショングリエが誕生した。食肉になることは間違いないが、その味は自然の傑作に遠くおよばない。それどころか、とうてい不味《まず》くて食えたものではない。腕のいい猟師なら、誰しも頭ごなしに切って捨てるはずだ。食えないものは撃つな。

ここは一言、補っておかなくてはならない。これはある猟師一人の意見であって、みんながみんなそう思っているわけではない。それはともかく、日曜の朝、七時から聞こえていた銃声が止んで、今はほっとするほど静かである。ただし、その静けさは森に人がいないことを意味するものではない。犬を連れて、あたりを憚りつつ森陰を散策しているふうに装っている姿がある。もちろん、実際は大違いで、トリュフを採りに来ているのだ。

トリュフ採集家は二つの顕著な性格を具えている。一つは底なしの楽天主義で、今日こそはテニスボール大のトリュフが山と穫れると信じて疑わない。一ポンド千ドルを上回る相場に加えて、この手のトリュフ狩りは仲間内で赫奕《かくえき》たる名声を築く。周囲は当人が何か自分たちの知らないことを知っているに違いないと思い込む。それはそのはずで、もう一つの性格、絶対の秘密主義は揺るがず、傍からは何も知り得ない。トリュフ狩りは自分がどこでそれだけの収穫を掘り当てたか、口が裂けても漏らすまい。

いろいろな意味で、九月から一月まではいい時期だ。夏の間、引っ切りなしだった泊まり客は影を潜める。村の市場はなお賑やかだが、押し合いへし合いの雑踏まではいたらない。土地のレストランは暖炉に大きな薪を焚き、スープやシチューを濃いめにして、メニューには獲れたての鳥獣が並ぶ。ロゼ・ワインはひとまず脇へ除けて、新鮮でこってりとした地元の赤ワインが幅をきかす。夏の人出が去った分、村は余裕を取り戻し、小春日が田園の閑寂な風景を浮き彫りにする。刈りととのえられたブドウの列は遠目にも清々しく、落葉した木々の枝ぶりは一種枯淡とも言える趣を湛えている。

そうこうするうちに、一月がやってくる。大方の市民がこの時期を避けてスキー場や南国へ繰り出す。なるほど、寒さは厳しいし、雪催いの日もあるが、私は一月が好きだ。春の朧には間があって空気は冷たく澄んでいるし、紺碧の空は翳りなくどこまでも透き通っている。私は決まってリュベロンを独り占めにした気になる。一月にはまた、二日、ないしは三日、陽春を予感させる日和がある。気温が何度か上がって、太陽は一回り大きく見える。おまけに、私たちは一月に時折り、戸外で食事をした楽しい思い出がある。

春はまだまだ先だろうか。

12 ハリウッドがプロヴァンスにやってくる

映画監督、リドリー・スコットと知り合ったのは四十年あまり前、リドリーが「撮ればヒットの名監督／ブロックバスター・スコット」になるよりはるか昔だった。当時、ジェニーと私、そしてリドリーは、ロンドンで宣伝・広告の仕事をしていた。ジェニーとリドリーはテレビ・コマーシャルを専門とする製作会社、私はさる広告代理店でコピーライターを勤めていた。よく言うことで、今では古めかしく思われるかもしれないが、いやなに、狭い世の中だ。私たちは、始終、顔をつき合わせて、お互いに知りつくした間柄だった。

リドリーとはじめて一緒にした仕事は、およそ張り合いのない消臭剤のコマーシャルだった。何はともあれ、いくらかなりと趣向を凝らそうと知恵を絞ったが、多少とも目新しい工夫はことごとくスポンサーから駄目を出され、最後に残ったのは以前の代理店が製作した、若者の集団が遊び戯れている、手垢のついた映像のバックに流れるコマーシャル・ソングだけだった。

当時すでに、リドリーは雌ブタの耳から絹の紙入れを作るとまで言われて、斯界の注目を集めていた。藁にも縋《すが》る思いで相談を持ちかけた席で、まずは例のコマーシャルを聞かせた。リドリーはうんざりしながらも、やがて気を取り直して言った。「これは、若者向けの化粧品だろう。さて、どうするかな」

どうしたかというと、リドリーは曲の骨格を生かす条件で、ロンドンの若いロック・ミュージシャンに新しく編曲を依頼し、そのバンド演奏を映画に撮った。ギター、ドラムス、ダブルベース、サキソフォン。奏者はいずれ劣らずむさ苦しい格好で、汗だくの演奏は弾けるばかりだった。映像、音響とも、消臭剤のコマーシャルよりは、テレビのロック番組の抜粋と言っていいほどの仕上がりで、私は気に入った。スポンサーも喜んだ。以来、私はリドリーに一目置いている。

その後しばらくして、リドリーはロサンゼルス、私たちはプロヴァンスに移った。南仏ではいい思いをしたが、何と、驚いたことに、近くに大変な有名人がいるとわかった。私たちの住むところから、たかだか二十マイルのあたりに、誰あろう、リドリー・スコットが家を持っているではないか。ここが好きで、できればもっと長くいたいのだが、仕事でロサンゼルスに足止めされて、なかなか思うに任せない。それで、後ろめたく思うことなしにプロヴァンスで過ごす時間を増やしたいと、絶えず機会を窺《うかが》っているという。

折しも、私は小説を書き上げるまでもう一息の山場にかかっていた。主人公はロンドンの若い企業家で、叔父から相続したプロヴァンスのブドウ園の維持管理と、狡っ辛い小作農との確執で息つく閑もない。短編小説には持って来いの題材だが、リドリーが得意とする波乱の歴史展開や人間模様にはかなりの隔たりがあったから、読ませろと言われてびっくりした。期待よりは、せめて多少の評価を祈る思いで、とにもかくにも未完の原稿を託した。

意外なことにリドリーは気に入ってくれて、続きを書いて完成したらまた見せろと言った。そこで、書き終えた原稿を渡すと、これで行こう、となった。あとは撮影場所と配役をどうするかだ。話はとんとん拍子だった。

言わずと知れたことながら、私の成功は文章技巧によるところではない。ただ、この短編はリドリーが温めていた企画のどれよりも不当に有利な条件を具えていた。それがリドリーに、願ってもない機会、いや、日差し明るいプロヴァンスで何週間か過ごす、自明の必然を供与したと言える。

映画のことはたちどころに、リュベロンの村という村に伝わった。反響はさまざまだった。住民の大半は好意的に受け止めたが、プロヴァンスはディズニーランドになりかけていると憂える向きからは押し殺したような悲痛の呻《うめ》きや嘆きが洩れた。が、それはともかく、大がかりに混み合って、時に細やかな気遣いを要する撮影準備は熱を孕んで加速した。場所の選定と条件交渉。出演者と撮影スタッフの宿舎の手配。移動手段の確保……。脇から眺めながら、撮影現場に私の出る幕はないと痛感した。やがて、配役が固まった。

「剣闘士／グラディエーター」の成功以来、リドリーはラッセル・クロウと無二の仲だったから、主役の恵まれた企業家をラッセルが演じることを誰も驚きはしなかった。当然ながら、ブドウ園で汗水流すラッセルも、時には官能の世界にしっぽりと浸りたい。リドリーはここでまた、才能を発掘する眼力を発揮した。「テルマ&ルイーズ」ではブラッド・ピットを一躍人気スターに押し上げたが、今度は若い女優、マリオン・コティヤールだった。当時、マリオンはフランス以外ではほとんど知られていなかった。今や、押しも押されもしない大女優ではないか。リドリーさまさまだ。

そこへ持ってきて、これでもかとばかり、名優アルバート・フィニーと、トム・ホランダー、それにもう一人、達者な脇役が加わった。あとはカメラが回りだすのを待つばかりだった。

前々から、大作映画の撮影はさぞかしわくわくする、意気盛んな現場仕事と想像していた。緊迫した葛藤があって、記憶に焼きつく場面がある。なんと言っても、それ自体が大向こうを張った見世物で、有名人が登場し、譲れない自我が縺れ合う。表立って反目を招かぬまでも、いささか思慮に欠けたふるまいが目につくこともある。何ごとも見逃すまいと、私は撮影初日の朝早く、現場《セット》に乗り込んだ。マリオン・コティヤールは新聞を読んでいた。リドリーは食事中だった。ラッセルの姿は見当たらず、撮影助手の面々がいかにも用ありげに、小走りに行ったり来たりしていた。現場になっているシャトーの持ち主は、映画屋たちがブドウ園を踏み荒らしてはいないかと気が気ではない様子できょときょとするばかりだった。ほかに取り立ててこれといった動きもないままに時間が過ぎた。後に知ったことながら、リドリーの現場はいつもそんなふうで、極めて段取りがよく、気ぜわしい停滞もなく、寛いだ中で撮影が捗る。その朝は一度だけ、空気が険悪になった。

原因は主役が時間を守らないことだった。十五分、二十分、半時間。みんなを待たせたまま、ラッセルは何故か現れない。撮影スタッフは苛立って溜息をつき、不平をこぼすうちに、この人気俳優を「今は亡きラッセル・クロウ」と呼びはじめた。これがリドリーの行動を促したでもあろう。

監督は技術スタッフと出演俳優、その他、関係者全員を呼び集め、何としても時間通りに撮影を進めなくてはならないと言った。いささかなりと、時間の無駄は許されない。特に、この日は効率を上げて、現場の充実を図りたい。

言うまでもなく、ラッセルを含めて全員が顔を揃えたが、はてリドリーはどこだろう。一同は待った。待ちに待って、四十五分。ようようリドリーは姿を見せ、ロサンゼルスから電話で釘づけだったと弁解した。以後、ラッセル・クロウは打って変わってきちんと時間を守るようになった。

この映画で何よりも印象に残ったのは、プロヴァンスで一番大きな池が売りものの、キュキュロンの村の一景だ。縦三十メートルの、手入れのいい矩形の池はプラタナスの大樹に縁取られて、このような景色に恵まれていない村々の羨望の的だった。私が訪れた夜は、そこへさらに演出が加えられていた。池の岸沿いに、真っ白なテーブルクロスをかけた二人用の小卓がずらりと並び、蠟燭が灯って、アイスバケットには角氷がたっぷりだ。通りの外れで小編成の楽団が甘い曲を奏でている。池には白い花びらが散って、水に映った燭光が浮かび漂うようである。幻想的な情景だった。

ここで、マリオンとラッセルがやっと二人きりで食事をする。いや、二人きりになりたいところだが、そうはいかない。撮影スタッフのほかに、並びない土地の名士、キュキュロンの村長がこの牧歌的な場面を見物に出向いていた。村長はよほど気を好くしたと見えて、撮影後、セットをそのまま残せないものだろうかとリドリーに持ちかけた。撮影は予定通り終わったが、地元の興奮は冷めなかった。キュキュロンはリュベロンで唯一、映画になった村というだけでなく、ハリウッド映画の舞台となったことを誇れるのはここだけだ。土地の人々はよくある体の有頂天ではなく、大らかなゆとりを見せて試写を迎えた。

誰がリムジンで乗りつけるでもなく、ロング・ドレスもタキシードも見かけなかった。ジャケットや宝石は稀で、試写会前の軽食は土地のカフェが提供した。飲みものはシャンパンではなく、ロゼ・ワインだった。会場の空気は賑やかを通り越して、騒々しいほどだ。土地の人々にしてみれば、これは自分たちの映画で、大威張りで楽しめばいい。

試写が終わって、ワイン浸りの感想は上々だった。その他大勢で出演した急場の素人俳優たちは、スクリーンの片隅にちらほらと自分の姿を見出して、いい体験をしたという思いを胸にちりぢりに別れた。村長は、いつかまたハリウッドから声がかかりはすまいかと待ちかねている。

20 夏の兆し

われわれ大方の普通人にとって、季節の変化は緩慢で、それとは気づかないことも稀ではない。寒暖のわずかな差、かつ萌えかつ枯れる木の緑、車の窓を覆う霜、その他さまざま、身のまわりの自然の微調整が季節の移ろいを告げる。プロヴァンスでは、時に急激な、かつまた多彩な空模様の変転が時候の節目を物語る。とりわけ、まだ寒さの残る春先から初夏へかけての心浮き立つ一時期にそれは強く感じられる。

やがて訪れるであろう移り変わりをいち早く伝えるのは、冬の間、悄然と静まり返っていた野面に咲きこぼれる、見事なまでに紅鮮やかな芥子である。芥子はじきに花期を終えるが、その束の間に、次の季節をきっぱり予告する。厚手の衣類はしまい込んで、布製サンダル、エスパドリーユの埃を払っておくように。夏はもう、すぐそこだ。

はじめはゆっくり、そして、次第に間を詰めて、自然は年々の演目《だしもの》の触りを披露する。中でも見応えがあるのは、万朶《ばんだ》の花がピンクと白に咲き競うアーモンドの艶姿である。

同じ頃、裸で冬を越した枝々はふんわりと新緑の夏着を装う。勇気ある蝶々たちはどこからともなくやってきて、何が起きているのか探りながら飛びまわる。躊躇《ためら》いがちな蕾がふくらんで、枯れていたかに見える蔦は、はっと思い出したように壁を伝って登りはじめる。目をやるところ、何かしら、盛んな自然の営みを示す小さな変化がきっとある。いや、小さなことばかりではない。きらびやかな黄色の畝をなしているエニシダから、収穫にはまだ間があるものの、新鮮な暗緑の果実が楽しみなブドウ園まで、期待を誘う景色はつきない。それどころか、見渡す限りの風景全体が美容整形手術を受けたかのようである。

この季節はまた、夜のオーケストラがリハーサルにかかる時期に当たっている。コオロギにはまだ早すぎるが、アマガエル族は日没を待って鳴きはじめる。フクロウたちが時折り合いの手を挟み、ほかにも虫の声が重なって、夜の音楽は一瞬たりともだれることがない。

そうこうするうち、その年はじめての外国人観光団がやってきて、村では自然が人間に場所を譲る。ここで、外国人ということの意味をざっと説明しておくのも無駄ではなかろう。以前は極く単純に、同じ村の出ではない他人はみな外国人だった。それが、世の中が変わって、プロヴァンスにいようと、どこにいようと、国籍が違えば外国人だ。

外国人は概して快く迎えられている。気の毒に、フランス人に生まれなかった不幸に寄せる同情が手伝ってのことだろう。この同情が、様々な形で表現される。例えば、プロヴァンス人特有の声高の早口が、ぐっと声を抑えた悠長な話し方になる。話者は自分の言っていることが相手に通じているかどうか心配で、それが顔に書いてある。あるいは、精いっぱいの努力で、学校で習った初級英語を持ち出すこともある。得々と自慢げにだ。これには面食らう。一度、フランスのラグビー・チームに優勝の可能性はあるかどうか議論の最中に、相手が急に話題を変え、人の胸を突つきながら、取って置きの英語で言ったことがある。「家に犬がいる。名前はジュール。駆けずりまわるのが大好きだ」これには返事のしようもない。

季節の移ろいは村の景色をいろいろに変える。ブティックはどこもドアを開け放ち、たいていは店の亭主が歩道に椅子を出して日向ぼっこをしながら、世の行く末をつくづくと偲び、今年は人々がどんなものを着ているか観察する。犬たちは居心地のいいバスケットの塒《ねぐら》を捨てて、街角をうろつく快楽を再発見する。街の景色も、匂いも新鮮だ。持ち主が目を離した隙に、ショッピング・バッグからパンをくすねる悪戯もある。パリから来ている馴染みのない犬と付き合って、ちょっと冒険を企てたりもする。だが、何と言っても印象深いのは季節で変わる村や街の道具立てだ。

冷え込みの厳しい冬の間、カフェは路上のテーブルを思い切って減らす。残っているのは、屋内では楽しみを許されずに着脹れた頑丈なタバコ喫みの席だけだ。これが、寒さが和らぐと、一夜にしてがらりと変わる。

それまでは閑散としていた目抜き通りの歩道いっぱいにテーブルと椅子があふれ、青白い客たちを直射日光から守る大きな日覆いが立ち並ぶ。街路は歩行者優先の、稀有にして喜ばしい事例である。それにしても、何と多様な人種がいることだろう。市の立つ日にはそのすべてとすれ違う。身ぎれいで、およそ隙のないフランス人。真っ黒というよりは、どす黒いまでに日焼けしたイギリス人。時代物のカメラを携えた古風な日本人。片時もスマートフォンを手放さないアメリカ人。次はどこでビールを飲むか、そればかり考えて先を急ぐドイツ人。朝の四時から店を出して、早くも草臥れが出ている屋台の商人。その雑踏をひらりひらりとすり抜けて、トレーに山と盛った料理を通りの向こうの客に運ぶウェイターやウェイトレスたち。喧噪とはこのことだが、距離を隔てたカフェのテーブルから眺める分には、悠々然として、殺気立ったところのない伸びやかな風景だ。

この豊かな季節からも察せられるであろうように、ムッシュウ・ファリグールのいわゆる「神の恵みのささやかな贅沢」は、数えだしたら切りがない。五月から暑さが本格化する七月までの間に、野菜果物の旬に先立つ短い時期があって、それぞれにまだ色浅い走りのメロン、アスパラガス、ビワなどが市場に出まわる。ふっくらと熟れたソラマメや、ぷちぷちとしたグリンピースもある。初ものは値札もなしに浅い木箱に山をなしているが、いずれもその朝の収穫が謳い文句で、これを知ったらしばらくは、スーパーマーケットの野菜果物には手が出ない。

俗に端境期《はざかいき》と呼ばれるこの季節も、いつしかに去る。気温は上がり、コオロギは今を盛りと鳴き立てる。暑さの峠はいよいよこれからだ。夏よ、こんにちは。

21 ナポレオンの贈り物

ナポレオン・ボナパルトの記念すべき功績のうち、軍事独裁による欧州制覇をまず筆頭に挙げて、大方の異存はないだろう。何やかや、奇習を数えていけばどん尻近く、いつもこもこのオーヴァーのポケットに片手を突っ込んでいるよく知られた姿も登場する。異風の元祖たる所以である。そして、もちろん、ジョゼフィーヌが傍にいる。

それはさておき、ナポレオンがフランス文化に付け加えた中に一つ、二百年以上を経てなお立派に機能していながら、戦場における華々しい勲《いさおし》ほどはもてはやされず、当然の評価を受けていないことがある。とはいえ、密やかななりに、これは今もって意味深く、フランス社会の敬愛すべき側面を支えている気の利いた仕組みと思われる。

ここに言う気の利いた仕組みとは、ナポレオンが一八〇二年に制定したレジョン・ドヌール勲章で、実業家から、歴戦の将軍、詩人にいたるまで、幅広い人材の優れた働きを顕彰する爵位である。

だいたい、慈善行為や社会的良心で世に知られてもいないナポレオンが、何と思ってこの懐の深い仕組みを導入したのだろうか。ナポレオンに発想のきっかけを与えた人物なり、出来事なりを調べようと資料を漁ったが、歴史は何を語るでもなく、私は自前で筋書きをひねり出さなくてはならなかった。以下にそれを述べるとしよう。

フランスの十八世紀は革命をもって終焉した。流血と乱脈は十年の長きにおよび、貴族階級はことごとく地位と特権を剝奪されて、一七九三年にはルイ十六世が処刑され、一七九九年にナポレオンが第一執政の座について、ようよう擾乱はおさまった。

多くが進歩の一大飛躍と見た革命だが、批判者もいてその大半は軍の古参だった。いずれも良家の出で、革命は進歩どころか、混迷であり、高貴な伝統の破壊であると考えていた。戦闘が中断して将校たちと語らう中で、ナポレオンは革命がもたらした社会基盤の変化に、自身がいかに深く影響されているかを知った。将校たちから見れば、貴族階級が姿を消して、フランス社会にぽっかりと大きな穴が開いたと言うほかはない。

ナポレオンは部下たちの気持に極めて敏感だった。幸せな将軍は、よく仕込まれた兵士らに幸せを与える役目を負っている。その意識からナポレオンは部下たちに、歪んだ現状を正すべく、何とかしなくてはならない、という気持を抱かせようと心に決めた。ならば、どうしたらよかろうか。

ナポレオンは考えた。とくと思案をめぐらせた。知恵を求めてギリシア・ローマ帝国の歴史を渉猟した。と、そこで発想が閃いた。新しく貴族階級を創設することだ。家柄ではなく、勲功を資格とすればいい。軍隊と同じで、序列も定めなくてはなるまい。メダルを授与して、パレードその他、各種の儀式も準備しよう。名誉の祭典だ。フランスは再びエリートの国となる。かくてレジョン・ドヌールは誕生した。

大方の外国人と同様、私もレジョン・ドヌールについては時折り耳にしていたが、目で見て、ああ、これがとわかるようになったのは、フランスへ移ってからだった。上品で、目立たないとはいえ、ジャケットの襟のボタンホールに縫いつけられた緋色の略綬は見逃すはずがない。ほんの小さな斑点にすぎないが、これをつけているのが勲爵士だと知るのに、サッシやメダル、鬘、あるいは奇抜な帽子の助けは借りるまでもない。

私らのように、ジャケットなどめったに見かけない田舎に暮らしていても、たまにパリへ出れば、行く先々の街角で、襟を飾る繊細な緋の文様はきっと目を引く。いつか私は、人の襟をそれとなく盗み見るようになった。

家に帰って通常の暮らしに戻ったところで、友人のメネルブ市長、イヴから電話があった。謎めいた電話で、その日の新聞を買ってこいという。わけを尋ねたが、依然として要領を得ない。「いいから、広報欄を読むんだな。じっくり、落ち着いて」

言われた通り、新聞を読んで驚くあまり、膝とテーブルにロゼ・ワインをこぼしてしまった。いいではないか。私は濡れたズボンで、締まりなく笑いながら、しばらくはそこに座ったままだった。紙面にでかでかと、私の名前が出ている。今や私はレジョン・ドヌール勲爵士であることを世界に伝える記事だった。思わず、奇声を発したに違いない。給仕のポールが飛んできて、医者を呼ぶか、と心配そうに言った。記事の中身を話すと、ポールは眉を吊り上げてテーブルを拭きにかかった。「それはそれは。ロゼをもう一杯、どうです？」

陶酔が去って、私は遅ればせながら、これでレジョン・ドヌール受勲者の端くれだと納得しかけたが、この高貴な勲章のことは何も知らないではないか。いやしくも勲爵士たる者、当然、知っているはずのことを、私はまるで知らなかった。受勲者の団体を介して、この国家勲章がさまざまな形でフランス文化に影響をおよぼしていることは驚くに値しない。後に知ったことだが、勲爵士団はフランスでも非常に有名な学校、ラ・メゾン・デデュカスィヨン・デ・ロージュと、ラ・メゾン・ド・サンドニを運営している。もともとは、外国人部隊の兵士だった父親を亡くした孤児たちを預かっていたのが、寄宿学校に発展して、初等、中等の課程で極めて程度の高い教育をするようになった。両校から毎年千人近い卒業生が出るが、生徒たちはいずれも実に優秀だ。

このことからもわかる通り、勲爵士団は単に儀礼的な形だけの組織ではなく、リボンとメダルの背景には真剣な、価値ある理念が骨格をなして、青少年の心の暮らしの充実と向上に寄与している。そんな次第で、イヴが私の外国人から勲爵士への昇格を記念して、内輪で祝杯を上げようと言ってくれた時は感激一入だった。イヴは私を推薦した後援者仲間の顔役だ。

夏のはじめで、プロヴァンスの祝いごとの仕来りから、場所は屋外と決まった。ルールマランの十五世紀の城を向こうに見る広々とした高台だった。陽は照り渡り、夕べの空は絵葉書の群青だった。村人は総出で押しかけている。プロヴァンスで知り合った人々のほとんどすべてが顔を揃えているかと思うようだった。おまけに、市長が二人、私の後援者でメネルブのイヴと、ルールマランのブレーズ・ディアーニュの姿もある。私は儀仗兵に付き添われていた。地元の退役軍人で、大きな旗の陰に隠れているかのようだ。私は五年ぶりでスーツを着てよかったと思った。

イヴは儀式にとりかかった。私の両頬に接吻して、心のこもった言葉をかけ、待ち受けた胸に勲章を留めた。誰のものでもない、私の勲章だ。と、ここでマイクを渡された。人前で、自国語ではない言葉で話すのは、どんなに軽い中身だろうと並大抵のことではない。さんざん使い馴れてよく知っているはずの単語が出てこない。おまけにフランス語には名詞、代名詞の性別、ジェンダーという落とし穴がある。堅苦しいことはさておいて、ここは人と交わりを深めることだ。時にはワインを傾けながら。

携帯電話が間近に向き合った対話を退ける以前の古き良き時代で思い出すのはフランス人の話し好きだ。もう一つ、例えば酒を飲むという単純な行為でも、フランス人とイギリス人は大いに流儀が違う。

イギリス人は概してアルコールを丁寧に扱う。グラスを大事そうに、胸のあたりで両手に持つなどはその例だ。フランス人は間違ってもそうはしない。派手な仕種をするのに手が空いていなくてはならないからだ。論点を強調するために、鼻の脇を叩く。相手の胸倉を突く。二の腕をさすり、頬をはたき、髪をかきむしる。手が塞がっていたら何もできない。手ぶりは会話を弾ませるために欠くべからざる付属品《アクセサリ》なのだ。五十何人もの活気づいたフランス人が一気呵成にしゃべりまくるありさまは、興奮剤に浸った太極拳の道場を見るようである。

祝宴に加えて、イヴはさらに記念会食の席を村のレストランに予約していた。宵闇が迫る頃、私たちは登りの細道をそこまで辿った。総勢十二人。アメリカの友人が二、三人と、イギリス人がちらほら、プロヴァンスの中核の名に恥じない古強者。それに、パリジャンが二人加わった。みんな浮かれていた。イヴは私に、ぴかぴかの勲章をソースで汚すなと注意した。まあ、それはそれ。会食はワインの酔いと、談笑のうちに果てた。

思い出に残る一日だった。これが何度目かで、プロヴァンスへ来てよかったと、つくづく思った。

後記

☆あの頃と今

夏の間、私はよくカフェテリアに陣取って、新聞を読むふりをしながら聞き耳を立てる。この時期、周りはほとんど観光客で、旅行者がプロヴァンスをどう思っているか、関心のあるところだ。実に稚拙で、当てにならない市場調査の手法だが、中には面白い発見もある。

〝カフェ会談〟で、何といっても人々がよく話題にするのは、プロヴァンスが古き良き時代、つまり前の年に旅行した時からどれほど変わったかだ。例えば、コーヒーがまた値上がりした。厚かましくも、一杯、三ユーロ。許せない。だが、ここで腹を立てる客は、その三ユーロでかぶりつきの特等席から小半時ほど、華やかで楽しい村のパレードを見物できることを忘れている。その間はいっさい邪魔が入らない。コーヒーのお代わりを勧められたり、席が空くのを待っている人がいるなどと言われたりする気遣いはない。ビールに手もつけずに片隅で眠りこけている客を何度か見たことがある。鼾はかき放題だった。

値上がりは、コーヒーだけではない、と旅行者たちは言う。このあたりの土地建物の騰貴はどうだ？　十ドルでいろいろ食えるこぢんまりしたレストランはどうした？　それに、この混雑。昨日、エクサンプロヴァンスへ行ったが、身動きもままならなかった。以前はこんなじゃあなかったのに。

気楽で、安上がりで、混雑のない世界を惜しむ声は切りがない。そのような世界が郷愁に染まった記憶のほかにあったかどうかは、この際、措くとしよう。ただ、郷愁に耽る人々は、世界は常に変化の最中であること、それも、たいていは良い方へ向かっていることを忘れているか、もしくは無視している。

プロヴァンスは二十一世紀を早く迎えようという焦燥の害を免れた。もちろん、旧来のプロヴァンス建築の魅力とは無縁の、くすんだピンクのコンクリート建築も多々あるし、その気で探せば、ビッグ・マックも、コカコーラの大瓶も見つかる。

何であれ、現代性を表象するものは、まずほとんどが手に入る。だが、人々が繰り返しプロヴァンスを訪れる理由は別にある。目当ては時代によっていささかも変わらない風物だ。

思うに、その筆頭は気候だろう。一年のうち十ヶ月は陽がさんさんと降り注ぎ、時に冷たい風が吹き荒れても、おさまれば紺碧の空が戻り、空気は澄み切って、仮にも画家を名乗る美の使徒は誰しも、絵筆を取らずにはいられない。

主題にはことかかない。プロヴァンスは、場所によってブドウ、オリーヴ、メロンを育てている農産地だ。片方には、未開で人の住まない地域がある。かと思えばまた、恥知らずなまでにごてごてと飾り立てたところもある。ラヴェンダーの花満開の、十エーカーの広野は夏を彩る最高の景観だ。自然だけで満足できなければ、ここかしこに歴史の古い村がある。多くは丘の上で、夏には古美術愛好家の姿が絶えない。写実派の画家たちはイーゼルに覆いかぶさるようにして、村の広場や、教会や、市場から絵になる素材の神髄を、最後の最後のひとしずくまで掬い取ろうと無我の境である。

悲しいかな、この美意識も休暇行楽を忍耐力の試験に変えるせわしない観光旅行の排除にはつながらない。見境もなく矢継ぎ早に写真を撮りまくる旅行者はもっとのんびり構えてプロヴァンス人の余裕《ゆとり》を見習うといい。プロヴァンス人は急《せ》かず慌てず、ゆっくり歩く。携帯電話を耳にあてがって、時計を見ながら、村の通りをせかせか行く人を見たら、食事に遅れそうなのか、さもなければ、パリジャンと思って間違いない。地元の人々にとって、一日はのんびりゆっくり味わう時間で、その間に、たまにはカフェに寄ってもいい。行動の間の取り方を格付けするとしたら、プロヴァンス人は「緩慢」の部類だろう。

緩慢に行動するのは悪くない。何を見逃すこともないからだ。もとより眺めのいいところだが、人造の景観には、自然も時にたじたじだ。古代ローマの高架道路や、円形競技場。十二世紀の教会堂。十五世紀の橋梁。それに、私の好きなマルセイユ。フランス第二のこの街は紀元前六百年に築造されて、以後、衰亡を知らず、世紀ごとに類い稀な記念碑を歴史に遺した。シャトー・ディフがあって、史上、最も瀟洒とされる貧窮院、ヴィエイユ・シャリテがある。十二世紀のノートルダム大聖堂がマルセイユの街並みを睥睨するようにそそり立っている。マルセイユの一日は歴史探訪だ。

ここはフランスだから、折々は腹を満たさなくてはならない。北フランスの裕福な土地と違って、プロヴァンスは歴史的に貧しい。住民は金がなくて、家で食事をする。レストランへ行く贅沢は、あまり普通ではない。プロヴァンスは今もってミシュラン・ガイドで星の数が自慢の店や、広く知られたシェフの後塵を拝している。しかし、アンスイや、ルールマランの村では、高級料理につきものの格式張った作法に煩わされずに、気楽に食事ができる。

そんなわけで、世の中に、一般家庭のキッチンに、変化が訪れている。とはいえ、プロヴァンス生活のさまざまな場面で、変わってほしくないと思い、この先も今のままと信じて疑わないことがある。私が気に入っている四つの景色について語るとしよう。

☆　パスティス

つい最近、たまさか目にした調査報告によると、フランス人は日にグラス二千万杯、量に換算して、年間ほぼ一億三千万リットルのパスティスを飲む。そのほとんどは南仏東部で消費されるという。プロヴァンスのどこであれ、バーなりカフェなりで、手の届くところにグラスがないことは稀である。

フランスでこれほど人気のある飲みものが、よその国々ではほとんど知られていないとは、何とも不思議ではないか。これはよく言われるように、プロヴァンスの酒場の常連は味蕾が高度に発達して鋭敏、かつ繊細で、舌が肥えていない人種とはわけが違うということか。それとも、プロヴァンス料理はめったやたらにニンニクを使うところから、パスティスはそのこってりとした味を薄める毒消しだろうか。

この種の疑問に答を見つけるとなれば、幸い、私にはプロヴァンス専科の名誉教授、ムッシュウ・ファリグールがいて、当地の暮らしにまつわる謎や怪異を説き明かし、私の理解を助けてくれる。それで、ファリグールに電話して、パスティスについて教えてほしいのだがと、希望を伝えた。

約束のカフェへ行くと、ファリグールはもう来ていて、しかつめ顔で日刊紙〈フィガロ〉を読んでいたが、私を見るなり新聞を脇へ置くと、椅子の背に凭れて不機嫌に溜息をついた。「フランスの政治家の話はごめんだぞ。何だ、あいつら。今、必要とされているドゴールは、どこへ消えたね。なあ。で、今日の話は?」パスティス入門とでもいったところを聞かせてもらえると有り難い、と願い出ると、ファリグールはたちまち調子づき、にったりうなずいてウェイターを手招きした。

「パスティスを二つ、氷はいらない。……まずは、本式の飲み方から。氷はなしだ。風味を損なうからね。飲みものは、そのものの味がわかるようでなくては」

ウェイターは、膨らみのない、真っ直ぐに削いだような細身のグラスを二つ、陶の水差しの脇に置いた。水差しの腹に細かく凝縮している結露を見て、ファリグールは満足げにうなずいた。「壺が汗をかいているのは、水がよく冷えているからだ」グラスにそっと水を注ぐと、目の前で茶褐色のパスティスが白濁した。「よしよし。こう来なくてはな。大の男が飲む母乳、とでもいうか」

ここで飲んだのは「ル・ヴレ・パスティス・ド・マルセイユ／間違いなく、本場マルセイユのパスティス」リカールだったが、口に含んだ最初の衝撃は、アルコール四十五度の痛打と炸裂ではなく、ふっくらと円《まろ》やかな心地よい漲りだった。ファリグールは首を傾げるようにして私の顔を覗き見た。「で、どうだ？　イギリスの生温いビールよりいいか？」

その通りだった。ファリグールにも言ったが、パスティスの滑らかな喉越しは憂いを払う。「そこが曲者。パスティスは人を騙す。アニスの香りは害がないと思うだろうが、リカールはコニャックや、ウオッカや、たいていのウィスキーよりアルコール分が強い」それだけ言って、ファリグールはまた、代わりを二人分注文した。教育がこんなに甘美だったことはない。

☆　プロヴァンス時間

プロヴァンスに移って以来、私は土地の人々がいろいろな場面で時間の制約を躱す巧みな手法に感嘆し、また時として面食らった。デートや予約は、拘束というよりも、むしろ期待を孕んだ可能性と見做されている。昼の食事は別として、時間厳守を当然と考えることはいっさいない。おそらく、これは歴史のせいで、プロヴァンスが文字通りの辺境だった頃、自然が時計よりも大きくものを言ったことによる。古い習慣は、おいそれとは廃らない。口実、言い訳も同じである。

長い間には、約束を引き延ばしたり、すっぽかしたりしたわけを説明するのに、よくまあそこまでと、畏れいるほど念入りな弁解も聞いた。月曜の朝九時だったはずのことが、どうして木曜の午後三時半になったかなどがその類いだ。簡潔明瞭で真っ直ぐな言い訳はまず敬遠される。それどころか、何であれ、真っ直ぐなのは禁物だ。弁解はやけに込み入って、耳苦しく、その上、ごたごたと雑音が混じっている。しまいには、年老いた母親のせいで仕事に穴を開けた鉛管工に、心ならずも同情を覚えたりもする。あるいは、不器用な助手に刷毛を駄目にされたペンキ屋だの、頭が停電して、その日の仕事には用のない工具を持ってきた電気屋だのもいて、言い訳をする立場からは、落ち度は常に相手にある。

それに、もう一つ厄介なのは、今ではプロヴァンスの誰もが持っている携帯電話の不確かな在り方だ。何か問題が起きたなら、どうして早めに連絡を寄越さなかったかと、相手を問い詰めれば、軽微な災害の情況を逐一聞かされることになる。飼い犬に携帯電話を壊された。シャツのポケットから落ちて、水洗トイレに流された。ズボンに入れたまま、うっかり洗濯屋に出してしまった。運転中に電話した廉で警察に没収された。携帯電話がこれほど割を食っているところは、おそらくプロヴァンスを措いてほかにない。

しかし、まあ、約束破棄や仕事の延滞など、いろいろあるにしても、それはそれで懐かしい記憶になる。不都合に対する巧妙な弁解は、また、その一計を案じ出す知恵者の侮り難い器量を物語り、快適な暮らしを望む心に水を差す禍を払い除けて余りある。よくあるように、何もかもが計画通りに行けば、宝くじに当たったような気がする。

☆ ブール

こののんびりとした楽しいスポーツには前にも触れたが、もう一度、ここで取り上げておきたい。何となれば、ブールの面白みは数々あるものの、本当の巧者は極めて稀で、ほとんどは下手くそばかりだが、それでいて、誰もが見て楽しめる競技だからだ。加えてもう一つ、これは人にもよるだろうが、ブールは競技中に飲むことを許している、いや、時にはけしかける、ほかに例のない種目なのだ。「片手にブール、片手にグラス」と教えられたことがある。史上、ブールの形態が大きく変わった時を考えても、この競技が寛いだ気分で試合をする伝統を背負っていることがわかる。

　一九〇〇年代のはじめまで、ブールの選手は抜群の運動家とは言わないまでも、せめて体だけはよく動かなくてはならないとされていた。選手はブールを片手に投球ラインまで走り、弾みをつけて二十メートルほど先の的球《コシヨネ》に投げる。往年の名選手、友人の間では〈ブラッキー〉で通っていたジャック・ルノワールはリューマチで寝たきりとなり、動けない体で試合には出られなかったが、観戦にはすこぶる熱心で、気持は最後まで現役だった。

　午後はたいてい、コートのはずれで椅子に凭れて、のんびり試合を見物した。ある時、親しくしているエルネスト・ピティオがやってきて隣に立った。格好だけ、試合の真似事をしようという話になり、ルノワールは座ったまま、ピティオは立ち位置から投球した。ただし、ピエ・タンケ、両足は地面を踏みしめたなりだった。これが近代ブールのはじまりで、たちまち、盛りを過ぎた元選手たちの人気をさらった。競技会が催され、クラブが結成されて、種目の呼び名は「ペタンク」に変わった。今では、試合が長引くことはめったにない。

　ペタンクは試合をする人々だけの遊技ではない。なかなかに、曰く言い難い面白みがあって、絵になる世界だ。暑い夏の夕方、次第に闇が濃くなる中で、鉄の球の触れ合う音が虫の声を綾取り、投球がそれて、くぐもった悪態が洩れるのを聞きながら、緑酒に喉を潤しつつ、しばらくの時間を過ごすのは心地よい。目を喜ばせるスポーツだ。

☆市場

スーパーマーケットの喧噪とビニール袋の氾濫に食傷している心を癒やすのに、プロヴァンスの朝市に勝る景色はない。規模の大小にかかわらず、プロヴァンスの市場は買いものに対する信頼を回復する。売っているのは主として食料品だが、よくよく見れば掘り出しものもある。ラギオールのナイフやフォーク。狩猟用の靴下。絹のスカーフ。麦藁帽。何代にもわたって女性の胸を支えてきた、見るからにごつい、ピンクのぼってりしたブラジャー。

プロヴァンスの市場の歴史は十二世紀に遡るとされている。農民や職人が週ごとに集まって、それぞれの育てた作物、腕前を見せた細工物を売り買いしたのがはじまりで、原点の機能は今も変わらない。とはいえ、ただ実用に応じたサービスを提供するだけでは足りず、今では地域社会の拠点とも言うべき役割を負っている。よそから来たグループが音楽を聞かせ、あるいはまた、話に尾鰭をつける噂の出どころとなることもちょくちょくで、市場はカフェと並ぶ村の情報源である。

市場は朝が早い。八時には屋台が出そろい、商人たちは同業仲間と言葉を交わしながら品物を並べて、見場よく配置をととのえる。何よりもまず、ここで露天市場とスーパーマーケットの違いがはっきりする。包装《パッケージ》と名のつくものは、形ばかりもありはしない。屋台のレタス、モモ、ジャガイモ、サクランボ、ブドウはみな前の日の収穫で、大きなカボチャや、産みたての卵もふんだんに出まわっているが、売りものに、名札だの、商標だのはとんと意味がない。市場をよく知っている馴染みの客は、買ったものを持ち帰る手提げを抜かりなく用意している。屋台の方で出して寄越すのは、せいぜい粗末な茶色の紙袋でしかないからだ。

屋台店を縫っていくほどに、陽気にはしゃいでいるひとかたまりの人数と出逢う。もう何年も顔を見ていない昔仲間と思われる集団で、声高にしゃべりまくり、笑いさざめき、時折り、ふっと声を落としたりする。長いこと同じ村で、向こう三軒両隣の間柄とは信じ難い気もするが、この種の顔ぶれを沸き立たせるところが、最新のいかがわしい世間話の魔術だろう。

芳ばしいチーズの匂うトラックがあって、活魚で満杯の動く水槽がある。二フィートほどの、ふっくらと焼きたてのパンを売っている屋台もある。やがて、大集団が寄りかたまって、時たま市場に登場する名物料理を試食しているところへさしかかる。

今年の新機軸は「フォアグラ・バーガー」で、早速の評判は、不慣れな口当たりを嫌うことがもっぱらだった。とうてい、昔ながらの味わいふくよかな正規のバーガーと一緒にはならない。こんなものがアメリカで人気をさらうだろうか。これをきっかけに、バーガーはもっともっと美味いものになりはすまいか。いつの日か「キャヴィア・バーガー」なんというのが名乗りを上げるのだろうか。

やがて、一時をまわる頃、露天商は屋台を畳む。今日はこれまで。向こう一週間、市場は休みだ。買い出しの客の手提げは美味いものでいっぱいになっている。

さて、腹が減っては何とやら。

もう行かなくては。昼食は差し招く。

訳者あとがき

ここに、ピーター・メイルの絶筆にして遺作『南仏プロヴァンスの25年（*My Twenty-Five Years in Provence*）』をお届けする。底本はニューヨークのアルフレッド・A・クノップ社が二〇一八（平成三〇）年に刊行した新著だが、ピーター・メイルは同年一月に世を去った。新聞の訃報には〝自宅そばの病院で一月十八日死去、七十八歳。死因は不明〟とあって、故人が上梓された自著を手にしたか否かは知る由もない。もっとも、文章は作者を離れて独り歩きするものだから、それは措くとして、プロヴァンスの豊かな世界を存分に堪能させてくれた書き手の冥福を、読者諸賢とともに祈るばかりだ。本書が南仏プロヴァンス開眼を促して新しい読者層を引き寄せ、同時にまた、本書を思い出のよすがに以前の愛読者たちが戻ってくるとしたら、それこそは故人にとって真の供養だろうではないか。

ピーター・メイルとの出逢いは随筆処女作『南仏プロヴァンスの12か月』だった。アルフォンス・ドーデや、マルセル・パニョルの世界として長いこと欧米人の心の故郷だったプロヴァンスを万人向けに解き放った作と評されて、人気を呼びはじめたところで訳者に機会がまわってきた。これをきっかけに、一九九三年以来、ピーター・メイルの作品八点を手がけた。縁は異なものとはこのことか。プロヴァンスを訪れる旅行者の多くがガイドブック代わりに同書を小脇に抱えているとも言われたが、日本の出版界はさほど関心を示してはいなかったように思う。その中で版行に踏み切ったのは河出書房新社の編集者、川名昭宣、田中優子ご両所の見識にほかならない。

小梨直さんという達者な人を得て、ピーター・メイルの本はほかに四点が日本語で読める。著者が自作のキャンペーンで日本を訪れた一九九四年には歓談の一時を過ごしたが、その席で編集陣を前に、翻訳者を急《せ》かしてはいけないとこっちの肩を持ってくれた。ピーター・メイル自身、じっくり書く方で、速筆の名はそぐわない。紺の上着にフラノのズボン、黒の短靴に真紅のソックスが印象に残っている。五十路を過ぎてプロヴァンスに移り住み、異邦人の身で不馴れな環境に溶け込む苦労は生半《なまなか》ではなかったが、その苦労を苦労と言わず、ピーター・メイルは自分を突き放す体に諧謔の話術で体験を語った。そこには、日々発見の驚きがあり、生きる歓びがあり、エピキュリアンの幸福がある。脱都会の旋律線を通奏低音として、プロヴァンスの気候、風土、人情、動植物、料理、ワインが綾なす多声音楽《ポリフォニー》を聞く楽しみと言ってもいい。作者の凝視の目と、対象との絶妙な間合いが作り上げる世界である。

プロヴァンスで暮らすうち、ピーター・メイルは現代の都市文明とは尺度の違う時間の流れを体感する。土地の人々はただ機械的に秒を刻む時計ではなく、日月星辰、大自然の時計に従って生きている。齷齪《あくせく》という言葉はここにはない。プロヴァンス人は常に自然体である。庭に落ちるものの影で大雑把な時間は知れる。氾濫する情報の波に呑まれて絶えず何かに追い立てられている大方の現代人がどこかに置き忘れたものを書き綴ることで、著者は人間本来の生き方を問いかけた。この姿勢が、遠い憧れだったプロヴァンスを手の届く距離に引き寄せたに違いない。これ一作で、ピーター・メイルけ一九八九年度イギリス紀行文学賞を獲得した。旅行記ではない作品にこの賞が与えられるのは異例のことだという。同書がいかに歓迎されているかがわかる。

一夕、膝を交えた際、日本には歳時記の文化があることを話した。折々の季節を象徴する言葉、季語／季題を編んだ索引《コンコーダンス》で、これが俳句という短詩の骨格を支えていると、まあ、ざっと説明を加えた覚えがある。自身、季節の描写には進んで筆を費やすピーター・メイルは、日本人が四季の変化に敏感だと知ってうなずくところある様子だった。プロヴァンス随筆がこの国で広く読まれたのは、欧米で空前のベストセラーという情報の効果だけではないとする趣意が伝わったならしめたものだ。

何はともあれ、生涯をダイジェストした著者の軽妙な話術を楽しんでいただけたら、幸いこれに超すことはない。どうぞ、ごゆっくり。

訳　者

Peter Mayle:
My Twenty-Five Years in Provence: Reflections on Then and Now
Copyright © 2018 by Escargot Copyrights Ltd.
All rights reserved.
Japanese translation rights arranged with William Morris Endeavor Entertainment, LLC
through Japan UNI Agency, Inc., Tokyo

南仏プロヴァンスの25年　あのころと今

2019年11月20日　初版印刷
2019年11月30日　初版発行

著　者　ピーター・メイル
訳　者　池 央耿
装　丁　岡本洋平（岡本デザイン室）
装　画　小川智子
発行者　小野寺優
発行所　株式会社河出書房新社
〒151-0051　東京都渋谷区千駄ヶ谷2-32-2
電話　03-3404-1201（営業）　03-3404-8611（編集）
http://www.kawade.co.jp/
組　版　株式会社キャップス
印　刷　株式会社暁印刷
製　本　大口製本印刷株式会社

落丁本・乱丁本はお取り替えいたします。
本書のコピー、スキャン、デジタル化等の無断複製は著作権法上での例外を除き禁じられています。本書を代行業者等の第三者に依頼してスキャンやデジタル化することは、いかなる場合も著作権法違反となります。
Printed in Japan
ISBN978-4-309-20788-9